美國讀寫教育
6個學習現場，6場震撼

作者——曾多聞

目錄

推薦序——

我與作者的共同願望：讓讀寫教育自零歲開始，延續終身

許雅寧
美國哥倫比亞大學
教育研究所兼任助理教授

再度收到為多聞寫序的邀請，我欣然接受。二〇一八年為多聞的書《美國讀寫教育改革教我們的六件事》寫序時，就佩服她的用心和嚴謹，這次閱讀她的新書，更讓我感受到她對讀寫教育的投入及熱忱。

多聞和我兩人有很多的共同點，我們都是北一女校友、美國孩子的媽、旅居美國多年，不同的是多聞的背景在新聞，而我則是多年在美國學術界及教育界耕

耘。雖然背景不同，但是我們對美國讀寫教育的看法卻有異曲同工的巧合，或者說，更像是失散多年的拼圖，不但互補呼應，更讓這幅美麗圖畫的全貌呼之欲出。

多聞提到美國的教育令她震撼，而我在自己二〇一九年出版的《教出雙語力》書裡也提到：「美國的閱讀教育讓我驚艷，寫作教育更讓我震撼。」寫作的初衷是要為自己發聲，我們兩人都看到美國教育如何小心呵護孩子們寫作的初心，又如何堅持嚴謹，讓讀寫教育自零歲開始，延續終身。

在此書中，多聞詳細解釋美國讀寫教育的每個階段。零歲到五歲的前期讀寫教育，著重培養孩子對文字語言的興趣；親子溫馨共讀，孩子開心塗鴉，都是為了鼓勵孩子探索語言。K（美國孩子五歲正式進入義務教育第一年，這個年段名稱為Kindergarten，簡稱K）到小學二年級屬於早期教育，注重的仍是孩子對語言的興趣及自我表達的信心，所以，對於英文拼字，大小寫，標點符號等等並不會過度要求，孩子每天都需閱讀寫作，每天三十到四十五分鐘，「回家讀課外書」屬於功課的一部分。小學三到五年級，進入讀寫關鍵階段，孩子每天大量閱讀寫作，查資料，做研究。多聞提及很多人誤以為在美國上學很輕鬆，其實完全不然，我完全贊成她的看法，家裏的老大、老二一路走來，成為常春藤名校大學生，我完全了解美國教育的效率及嚴謹。多聞也詳細解釋六到八年級的「六＋1面向」寫作法，以及美國教育如何透過多年的寫作訓練，引導九到十二年級的孩子了解自己、表現自我，為成人世界做準備。

二〇二〇年暑假，我開設申請美國大學文書寫作課程，帶領孩子回答「我是誰？我想做什麼？」的人生大哉問，這些文章可能是孩子人生最重要的作品，也可以說是美國寫作教育多年耕耘的成果。美國讀寫教育在孩子考上大學後持續進行，終身讀寫教育的芬芳動人，也在多聞的筆下一一綻放。從零歲到終身學習，美國讀寫教育，科學嚴謹，卻又溫暖人心，時至今日，枝繁葉茂，碩果累累。

多聞用了「如呼吸一般的讀寫教育」為此書的結語，這句話讓我想起二〇一九年和臺灣師範大學教務長陳昭珍教授的一番深談，我當時說：「美國讀寫教育已經是美國人的ＤＮＡ了。」陳教授當場拍桌贊同，做為一個致力投入臺灣讀寫教育的推手，她懂我的意思。

當然，美國的讀寫教育也不是完美的，也面臨重重的挑戰，然而，不可諱言，美國的讀寫教育仍走在我們前面。我一向以臺灣社會的成長自豪，然而，我們的確還有很多事情需要學習，我們的讀寫教育也的確還有一段很長的路要走，多聞的這本書便是臺灣社會很好的參考。我這幾年致力於臺灣讀寫教育的改變，透過網課，開發符合學術理論又讓孩子有興趣的英文課程、提供家長正確的語言學習觀念，二〇二〇年暑假亦將與臺灣師範大學合作訓練臺灣老師。正如多聞所言，幫助臺灣讀寫教育的成長是她很謙卑的願望，這也是我很謙卑的願望。

我們兩個人謙卑的願望，需要大家共襄盛舉，唯有如此，小樹方能茁壯成長，來日方能蔚然成蔭。

2020.5 寫於美國紐約

推薦序——

每一個關心讀寫教育者，都應該有的一本書

林怡辰
閱讀推廣人
《從讀到寫》作者

從多聞前一本書《美國讀寫教育改革教我們的六件事》，我就深受震撼，從整個國家的教育改革歷程分析，看見閱讀和寫作的關係，包括寫作如何促進思考、長期考試制度怎麼影響讀寫。身為一位長期推薦閱讀與寫作的現場教育工作者，拿到這本書心裡澎湃，可以以一個國家長時間的角度來看讀寫，對於自己本身的讀寫教學有莫大的省思和影響。我仔細閱讀、反覆思量，還常常寫筆記，喜歡之甚，我逢人就推薦，還將它寫在我的著作《從讀到寫》裡，

希望有更多的人可以看見這本作品。

在那之後，我收到許多的回響，像是有老師開始反思，原來自己沒有寫作的經驗會影響學生的指導；原來全班都寫出一樣類似的文章，套用公式，一點都沒有激發孩子的思考能力；原來有老師認真教導數學筆記，也是一種跨科寫作的方式……甚至有認識的無界塾老師，一年前讀了這一本書深受感動，已經全面調整讀寫課程。

當然，也有老師談及，這本書概念很好、想法很好，但缺乏實務，進一步怎麼落實，好像很模糊。

我心裡開心的想著：「你等等，第二本快要出版了！」是故，我常當起沒有耐心的讀者角色，催起稿子，因為我知道這一本書相當重要。

長期在教學現場任教，也到各級學校分享讀寫，甚至遠赴新加坡、馬來西亞等地，我非常認可，閱讀和寫作是學習的基本工具，甚至一〇八課綱的素養，沒有閱讀和寫作為根基，是無法進行到自學及終身學習的目標。尤其好的寫作能力是一種抽象的思考能力，寫下文字可以反覆審視、修改，在上一個階段的思考上進行跨越、提升，更是和他人交換想法、批判思考、拓展學習系統最簡單的方法。

而這兩本書，都是多聞以記者之眼所寫。這樣描寫一個國家全面的教育改革、讀寫現狀，有著大量大量研究實證、操作案例，不同面向的採訪，呈現各個角度的觀察，以及來自教育現場的真實故事，非常嚴謹。她有記者敏銳的筆觸，又有學生家長的身分，進行國內首度實地調查採訪美國中小學寫作教育發展歷程與現況，提供第一手的資料與近身觀察。

《美國讀寫教育改革教我們的六件事》提供他山之石，可以映照出台灣寫作教育的大方向，本書則更系統化、具體的給足了實例和現場。從零歲開始的閱讀親子共讀預防、K到二年級的大量閱讀、三到五年級的讀寫關鍵年、六到八年級的六面項寫作教學法、九到十二年級衝刺寫作力、最後終身教育及失學者人生。不管您任教哪一個年級、孩子多大，都可以在這樣貼心的安排之下，讀讀那個年段的執行實例，回頭看看自己的孩子進行微調。超越了，可以往前；還不足，往下一個年段看看。不時和第一本理論和全面對照，可以安心當下、亦可找到其他做法，刺激靈光來發展進一步的讀寫教學。

例如我常任教的多為三到五年級的這個區間，從教學之眼看來，閱讀文體與目標、創作與發表、研究與拓展、書寫範圍等，我所教授的偏鄉孩子也不分軒輊，但在閱讀這本書中，我仍可以發現「喜歡寫」、「有聲書」、「善用教材」、「跨科際寫作」等部分，我還可以有很多嘗試和教學空間，可以幫助孩子有效的讀寫提升，不同面向帶來更多成長思考。對於班上優異和需要陪伴的孩子，我也從書中獲得許多脈絡，讓讀寫教學在大班級中，也能有個別化的細心等待。

藉由多聞之筆，看見美國讀寫教育改革樣貌，思考我們本身。要費心書寫這樣一本書確實不易，但我想這本書最重要希望應該是：由下而上的自主教育改革，比由上而下的教育政令宣導更有效。從美國看見，發展出適合學生的教學策略，是可以帶好每一個孩子讀寫的。誠摯的，邀請每一個關心教育的您，從每一個基層教師開始，學校行政、家長支持，幫助臺灣孩子讀寫，從翻開這本書閱讀思考開始！

作者序——

美國讀寫教育的第七個現場

曾多聞

這本書是在二〇一九年美國國慶前夕截稿。當時，我們（包括第一線的教師與文教記者）絕對想不到，不久之後，一個來自地球另一邊的新品種病毒，將會全然改變美國學校教育的樣貌。

提筆寫這篇自序的時候，孩子的學區正進入停課第七週。翻看之前的書稿，讀到描寫課堂上讀寫教育的片段，真正覺得恍如隔世。隔著書房的玻璃門，看到臨時充當教室的簡餐餐廳裡，一年級的兒子小小豬正握筆寫週記，旁邊窗戶上貼滿了草稿，草稿之上還層層疊疊貼著便利貼。我一看：啊！這不就是美國讀寫教育的第七個現場嗎？

在家裡幫孩子上課，讓我真真切切的從另外一個角度，觀察到美國教育界對讀寫教育的重視。

停課那天，我從學校接回小小豬，他帶回厚厚一疊教學大綱與教材，還有給家長的教學指南，非常清楚明確。校方準備充分，也讓家長安心不少。其中閱讀與寫作的教材設計，非常精細，每天都有指定閱讀教材與習題、寫作練習，以及與老師連線共讀的時間。我尤其欣賞學區設計給家長在家使用的寫作教學法，六週的課程規畫很容易操作，幾乎是一本「寫作教學 for Dummies」，但又不失靈活，並堅持住以閱讀為工具、跨科際寫作的精神。

以一年級的閱讀與寫作課為例，每星期有一個主題。星期一：與老師連線共讀一本《青蛙的生命週期》，然後練習自由寫作。星期二：家長用老師準備好的講義，引導孩子回答關於《青蛙的生命週期》這本書的問題，然後練習用圖表分析這本書的內容。星期三：再與老師連線共讀一本《蝴蝶的生命週期》，然後比較青蛙與蝴蝶這兩本書的異同。星期四：讓孩子寫寫自己更喜歡哪一種動物，並說明為什麼。星期五：自由閱讀，並進行線上閱讀測驗。每天的教學都會用到前一天的內容，並與同時在學習的科學課程相呼應，學生有學以致用的感覺，家長也容易引導孩子。

皮尤研究中心二〇二〇年四月調查顯示，多數（八三％）家長對學校的停課相關措施表示滿意，但誠如俄亥俄州克里夫蘭都會學區主任埃里克．戈登（Eric Gordon）所言[1]，遠距教學並不只是把學校搬到網路上。本書描寫的六個學習現場所彰顯的精神，不論是在課堂上還是在網路上，始終不變；但遠距教學不能照搬傳統教學法，必須重新設計。沒有人願意見到病毒引發危機，但我更期待看到這次疫情為美國教育界帶來破壞式創新，疫情過後讀寫教育也能從學校到家裡，益臻成熟。

2020.5.2. 寫於美國聖地牙哥

---

1 梅克樂（L. Meckler）、斯特勞斯（V Strauss）、海姆（J. Heim）：*Millions of public school students will suffer from school closures, education leaders have concluded*。暫譯〈教育領袖總結，百萬公校學生將被停課所苦〉。華盛頓郵報，二〇二〇年四月十三日。

出版者的話——

為臺灣讀寫教育注入新能量

馮季眉
字畝文化社長

一〇八課綱實施以來，書市出現不少強調「幫助學生提升讀寫素養」的書，主要是為學測做準備。隨著一〇八課綱風吹草偃，這樣的出版取向已然向下延伸，漸漸出現令人不安的閱讀現象。新課綱不僅領導學校教學與升學準備，也領導了兒少圖書的出版與閱讀風向。

新近出版的兒少讀物，頗以課綱素養為包裝、為賣點，標榜「符合一〇八課綱××素養」。其實，廣泛閱讀各類好書，自然有助累積多元素養；以「提升素養」功能導向編寫童書，可能使閱讀淪於為升學考試做準備。孩子都喜歡看漫畫，於是出現專為國小低年級企畫的漫畫書，一則則經過設計，用來「練習閱讀訊息式文本」，再搭配《素養練習本》，以收「訓練統整解釋與省思評鑑的閱讀理解力」之效……

這樣的現象，某種程度映照出素養教育走不出傳統教育思維框架的困境。「練習」可以幫助孩子「精熟」學習內容，卻無法幫助孩子累積「素養」。素養來自生活。若不能與生活融合，不能轉化為生活與思考的養分，仍然是「知識」、「技能」，而不是「素養」。閱讀與寫作，也是如此。

讀寫素養的養成與累積，應如多聞在本書結語所說的：「像呼吸一樣自然。」我們從何時開始呼吸，就從何時開始累積各方面的素養。多聞帶著我們走進美國讀寫教育的六個學習現場，看看閱讀與寫作是如何從零歲到終身，自然而然融入生活、與生活結合。這是首度由國人深度採訪美國教育現場寫出的書，如實呈現美國讀寫教育政策思維與實務操作，其中一些觀念與做法，確實帶來震撼，值得反思。謝謝多聞願意接下這個重任，進行美國讀寫教育現場巡禮，為我們提供非常難得的第一手見聞與完整的脈絡。但願本書繼《美國讀寫教育改革教我們的六件事》所發揮的影響力之後，再為臺灣讀寫教育注入新能量。

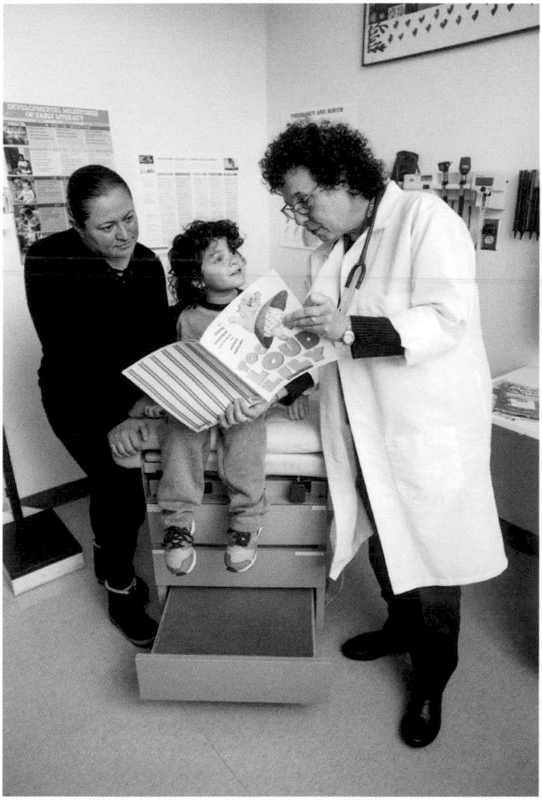

上：紐約大學醫學院小兒醫學副教授艾倫．門德爾松（Alan Mendelsohn）醫師長期研究嬰幼兒發展，並致力推動早期讀寫教育。（門德爾松／提供）

左：門德爾松醫師領導的計畫，推動以「閱讀療法」來介入高風險家庭。（門德爾松／提供）

上：參與展臂閱讀計畫（Reach Out and Read）的小兒科醫師，向家長推廣早期讀寫教育。（展臂閱讀計畫 / 提供）

下：美國小兒科醫師發起的展臂閱讀計畫（Reach Out and Read），主張用書單代替藥單。（展臂閱讀計畫 / 提供）

上：麻省理工學院研究證實，經常接受讀寫教育訓練的兒童，大腦中主管認知的皮質會增厚。（雷切．羅密歐製圖，麻省理工學院 / 提供）

下：暑假來臨前，閱讀推廣機構 RIF 的送書車巡迴美國偏鄉，發放繪本。（RIF/ 提供）

上：小一新生開學第一天的作文。這個階段還無法寫出完整的句子，即使如此，教師仍然鼓勵他們用已經學會的字，盡量把自己的想法在紙張上鋪陳出來。（曾多聞／提供）

下：北卡羅來納州小學教師愛什麗．阿利西亞（Ashley Alicea）利用有聲書等教學工具，幫助學生克服閱讀障礙。（阿利西亞／提供）

上：加州五年級英語教師巴特勒特（Bartlett）（左）帶領學生做從讀到寫的小組討論。專精以英語為外語教學的教師福廷（Fortin）輔導外籍學生。（曾多聞 / 提供）

下右：多倫多大學心理學教授佐丹 · 彼得森（Jordon Peterson）認為寫作練習可以重塑年輕人的心態。（彼得森 / 提供）

下左：紐約大學應用心理研究員克洛伊 · 格林鮑姆（Chloe Greenbaum）認為寫作教育是矯治少年受刑人的有力工具，並致力在少年監獄中推動寫作教育。（格林鮑姆 / 提供）

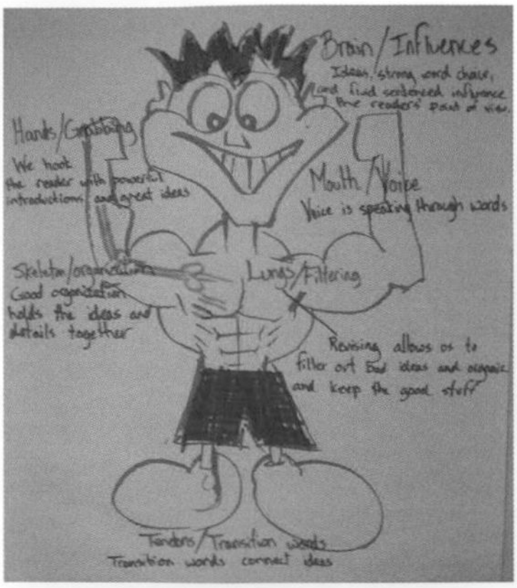

北內華達州的七年級學生在教師指導下製作海報，用「人體」和「森林」來呈現理想的寫作。（丹娜·哈里森／提供）

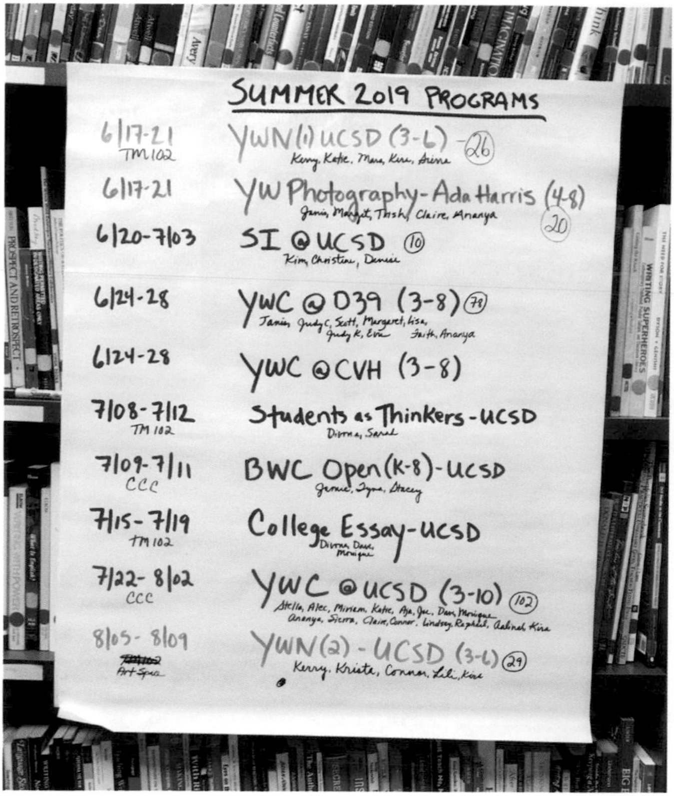

聖地牙哥寫作計畫豐富的暑期課程。（曾多聞 / 提供）

上：聖地牙哥成人讀寫計畫的志工老師指導學員。（聖地牙哥公共圖書館／提供）

下：作者與時年兩歲半的兒子和馬可、班特利兩隻陪讀犬。（江牧寰／提供）

前言

看見真實的美國讀寫教育

旅居美國，轉眼十六年了。如果說美國教育有哪件事令我特別感到震撼，那就是美國的讀寫教育。

在臺灣成長、求學的那些年，我一直被認為是「作文很好」的小孩。所謂的很好，是指考試成績很好——高中、大學聯考作文都考出接近滿分的成績，也曾在市級作文比賽獲得佳績。但是，我從不覺得自己受過什麼「讀寫教育」。印象中，學校、家裡都不重視讀與寫。媽媽總是叫我替數理資優的妹妹代筆寫作文，讓妹妹省下時間去做那些「更重要」的作業。

第一次發現這個世界上有非常重視讀寫的教育體系，是來到美國、進入新聞學院以後。我發現美國同學都非常善於表達。一開始，我以為那是因為語言的隔閡。後來，我才知道，那是因為我的每一個美國同學，都是從小就接受了跨領域的表達力訓練——也就是跨科際的寫作練習。這是我第一次受到美國讀寫教育的震撼。

畢業後我留在美國，進入新聞界，長年主跑文教新聞，我自以為對美國讀寫教育的脈絡，已有深入而完整的認識。但直到自己當了媽媽，才有機會從一個家長的角度，看見美國讀寫教育是如何透過兒科醫師、社區圖書館等種種管道，從學前就開始有計畫的扎根。這是我第二次受到美國讀寫教育的震撼。

接著是三年前，我為字畝文化的《青春共和國》雜誌寫了一篇關於「美國國家寫作計畫」的深度報導，從頭梳理美國讀寫教育的發展史以及讀寫教育改革過程，又更深入了解美國教育重視讀寫的歷史背景。這是我第三次受到美國讀寫教育的震撼。

那篇一萬字的深度報導，後來發展成一本七萬字的書《美國讀寫教育改革教我們的六件事》（字畝文化出版），二〇一八年出版以後，有幸得到很多教育界朋友的回響與指教，我也短暫回臺與讀者朋友交流，發現很多國人都對美式教育有一種想像：「很輕鬆」、「沒壓力」、「不考試」、「不補習」。在許多場合，我都聽到一樣的問題：「在美國讀書很輕鬆吧？」

美式教育雖然崇尚思想自由，但是其實並不是我們想像的「很輕鬆」。不論我們對美式教育有什麼樣的認識或印象，美國高等教育目前仍在全世界佔領先地位，這是不爭的事實。絕對不會有一個教育體系，學前教育很輕鬆、小學教育很輕鬆、中學教育很輕鬆，然後學生進了大學，就能搖身變得很厲害。

美國讀寫教育，其實就是崇尚自由但不輕鬆的最好例子。美國的讀寫教育，不是從小學開始，也不是從學前開始，而是從零歲的嬰兒期開始，由兒科醫師推動。美國的讀寫教育，沒有在高中生成功申請進入大學以後結束，也沒有在大學生完成學業步入社會以後結束，而是繼續在社會上推廣，由社區大學或圖書館執行。美國社會對讀寫教育的重視，既深且遠，沒有邊界也沒有終點。美國社會對讀寫教育的應用更是廣泛，從糾正幼兒行為問題到對抗青少年憂鬱，都以讀寫為工具。

因此，我接受字畝文化的邀請，再寫第二本探討美國讀寫教育的書，試著帶領讀者看見美國讀寫教育更全面、更真實的樣貌。

前一本書《美國讀寫教育改革教我們的六件事》，參考了大量文獻，採訪了美國讀寫教育推手、國家寫作計畫（National Writing Project, NWP）的多位專家及參加計畫的師生，全盤了解美國寫作教育的演變，討論如何面對挑戰，提升各級學生的寫作力。本書則是走入課堂又走出課堂、深入教室內外的六個讀寫教育現場，希望從不同角度的第一手觀察，提供成功的案例給國內相關專業人士與讀者大眾參考：如何以「讀寫」為工具，幫助從嬰幼兒到社會人士等不同年齡層的群體，應對人生中的挑戰。

美國的讀寫教育當然不是盡善盡美，美國教育界仍在持續檢討、求進步。美國最大教科書供應商學者公司（Scholastic）每兩年會做一次「兒童及家庭閱讀習慣調查報告」，這項報告向來在美國教育界受到普遍重視。就在我寫作本書期間，二〇一八年的調查結果公布了，在美國教育界敲響一記警鐘：**九歲兒童，僅剩三成熱愛閱讀**。

調查報告指出，學齡前及小學低年級兒童，多數以閱讀為樂；八歲兒童，五七%每週有五到七天會為了「樂趣」而閱讀。但是這個比例，卻在學童八到九歲期間急遽下降，只有三五%的九歲兒童一週至少五天為了樂趣而讀。此外，八歲時，有四〇%的兒童認為自己熱愛閱讀，但是到了九歲，只剩下二八%的兒童仍然認為自己熱愛閱讀。

這份調查報告引起廣泛討論，許多專家都在問：為什麼會這樣？

可能的原因很多。我認識的每一個專家，都有一套自己的看法。

《華盛頓郵報》的教育版主編愛米．喬伊斯（Amy Joyce）認為，可能是因為進入小學以後，學校考試愈來愈多、要讀的教科書愈來愈多，導致孩子不再有時間為興趣而讀。華府「政治與散文」獨立書店店長瑪麗．愛麗絲．加伯（Mary Alice Garber）認為，可能隨著孩子長大，家長開始禁止孩子看漫畫以及課外書，要求他們看「正經的書」，也就是教科書。教科書作家及學者公司副總裁蘿倫．塔西斯（Lauren Tarthis）認為，可能是電玩及其他屏幕產品提供多采多姿的娛樂，擠壓了孩子愈來愈少的休閒時間中的閱讀時間。

在為本書進行採訪時，好幾位採訪對象聽說我在寫一本描述美國讀寫教育的書以供中文世界借鏡，都嘆氣道：「我們也做得不怎麼樣呢……你看到那份報告了嗎，九歲小孩已經不愛讀書了。」

我說：「可是你們不是在想盡辦法力挽狂瀾（stem the tide）嗎？」

這本書要談的，就是在升學壓力、屏幕產品圍攻的險惡大環境下，美國教育家採取了哪些行動來面對以上挑戰，保護讀寫環境；得到了哪些成果，值得借鏡；同時以實例來說明，美國當局如何推動有效的、不限於教室內的、終生的讀寫學習計畫。

美國國民教育為十三年，從 Kindergarten 開始，通常簡寫為K，相當於臺灣的幼兒園大班。各州學制稍有不同，小學通常是一到五年級、中學是六到八年級、高中是九到十二年級。因此本書的「學前」是指五歲以下，「小學中低年級」是K到二年級，「小學中高年級」是三到五年級，「中學」是六到八年級，「高中」是九到十二年級。

本書共分六章，以年齡段劃分。

第一章：零歲到學前：閱讀療法，零歲開始的預防醫學。介紹美國當局如何讓讀寫教育普及到學齡前嬰幼兒，並由專家指導家長如何正確進行親子共讀（親子共讀不是念故事給小孩聽而已，親子共讀是一門複雜的學問，正確的親子共讀才能提升閱讀力）。

第二章：K到二年級：從讀到寫，孩子的大腦會變聰明。探討讀寫教育如何改變成長中的大腦結構。專家與學校為這階段的小學生設計讀寫系列課程，發現經過三個月練習，孩子們不但讀寫力進步，斷層掃描更顯示「大腦結構有明顯改變」、「與記憶理解有關的皮質增厚」，證實讀寫教育能改變大腦結構，讓孩子「變聰明」，學習力也因而提升。並介紹教學現場如何以研究理論為依據，以讀寫為工具，為學生的讀寫力打下好基礎。

第三章：三到五年級：讀寫力關鍵年。這個階段是讀寫力的「關鍵年」，一個在三年級仍無法自主閱讀的孩子，將會有終身的閱讀能力缺陷。本章介紹美國小學三到五年級的教學現場，用各種方式搶救中年級學生的閱讀力，包括從讀到寫的個人化學習實例，並舉出已被證實有助提升學生讀寫力的教學方法。還有，效果最好的教學策略是什麼，要如何在教室中實踐？有哪些原則，是在指導學生寫作時應該留意的？有哪些工具，是在引導學生閱讀時可以應用的？

第四章：六到八年級：「好用的六面向寫作教學法」。青少年可以經由讀寫練習，學習人際技巧、處理緊張關係。參與讀寫抗壓實驗的國中生，由研究團隊監控他們的心搏與壓力賀爾蒙指數，結果他們壓力降低、自信提升。更特別的是「讀寫教育」走出校園、在課堂外的功能與運用，幫助少年監獄裡的青少年。並介紹這個階段教師最常用也最推崇的讀寫教學法——「六面向寫作教學法」，以及評量標準。

第五章：九到十二年級：衝刺寫作力，為入社會做準備。討論親師生最關心的問題，包括如何指導學生練習寫申請入學的自傳與申請信、以短短五百字充分呈現十八年學習成果，以及寫作教學法的最新的發展。

第六章：終身教育：讀寫希望工程，改寫失學者人生。有人想成為卡車司機，卻因識字不夠，連營業司機筆試都無法通過。本章介紹社區圖書館在終生讀寫教育中扮演的角色。以一個位於移民聚居大城市的美國成人讀寫教育示範計畫為例，說明社區圖書館如何在複雜的大環境下，有效的推動成人讀寫教育。

經濟合作暨發展組織（Organization for Economic Co-operation and Development, OECD）教育主管安德亞斯・史萊克（Andreas Schleicher）曾語重心長的指出：「讀寫能力，是二十一世紀知識社會的共通貨幣……讀寫能力不足，將難以參與並融入這個社會。」

「閱讀」、「寫作」，是可以幫助我們的孩子達成人生目標的利器，甚至是貧童翻轉人生的本錢。普及讀寫教育，是社會公平的基石。有效的教學實踐模式，甚至終生的讀寫教學計畫，以及支持這些模式與計畫的研究，對教育工作者、政策制定者以及家長而言，比過去更具迫切性。但願我們的學校教育和家庭教育，都能認真參考他山之石，積極推動並落實讀寫教育，讓我們的孩子擁有良好的讀寫力。這是作者謙卑的希望。

CHAPTER

1

【零歲～學前】

閱讀療法：零歲開始的預防醫學

在一個明亮整潔的小房間裡，一位爸爸拿著《莉莉太吵了》（*Too Loud Lily*），讓寶寶坐在自己膝上聽故事。爸爸配合劇情，一會兒學羊叫，一會兒學馬叫，逗得寶寶哈哈笑。

乍看之下，這好像是一個尋常人家的小孩房間。但仔細看，牆上安裝了攝像鏡頭，隔著小窗戶，有位穿白袍的醫師正在觀察這對父子。

這裡是紐約大學附設醫院的小兒科診間，這是一次例行嬰兒健康檢查。醫師利用這個機會指導家長，用「閱讀法」加強孩子的身心健康。

近年來，美國全民拚讀寫，教育界最夯的關鍵詞，也從 STEAM 進化為 **STREAM**，就是 **STEAM+R**（Reading，閱讀）。目前學界普遍的共識是：親子共讀，應從寶寶六個月大開始進行。史丹佛大學研究甚至指出，孩子的閱讀力，在十八個月時就已分出高下[1]。

有人問：「那麼小就學習讀書寫字，有必要嗎？」

這個問題本身就有問題，因為「讀寫教育」不等於「讀書」、「寫字」。早期讀寫教育，有奠定孩子終身福祉的力量。

所有人類嬰兒，都是從與成人互動開始最初的學習。研究顯示，對嬰幼兒發展最有幫助的人際互動，就是跟爸爸、媽媽對話與閱讀，這就是我們常聽到的親子共讀。親子共讀不是對著寶寶讀，而是與寶寶一起讀；不是為了教寶寶說話，而是為了奠定寶寶的社會技能與情緒發展。這對寶寶的影響是終身的。親子共讀的時光，甚至有克服行為問題的威力：從過動、攻擊行為、到注意力不集中，都可以用「讀」與「寫」來改善。

早期讀寫教育如此關鍵，以致必須從小扎根。學齡兒童的讀寫教育，可以透過學校進行；那麼學齡前嬰幼兒呢？美國人的答案是「兒科醫師」。

---

1 安・福納爾德（Anne Fernald）等：*SES Differences in Language Processing Skill and Vocabulary are Evident at 18 Months*，暫譯〈社經地位造成語言處理及詞彙技能的差異，在十八個月時已明顯浮現〉，發展科學期刊，二〇一二年十二月。

兒科醫師開書單取代藥單

談到教養，兒科醫師是家長信賴的重要諮詢對象[2]，家長經常向他們詢問關於兒童發展、安全、健康與營養方面的問題，兒科醫師因此與家長建立起夥伴般的關係，一起為嬰幼兒生命最初幾年的健康成長、正常發展、養成良好行為而努力。佛蒙特大學醫學院兒科醫師寶拉．鄧肯（Paula M Duncan）等人統計，從二〇〇三年到二〇一二年全美兒科醫師普查報告發現，兒科醫師在看診之外，愈來愈常與家長討論有關教養的話題。二〇一二年調查顯示[3]，過半（五一％）家有零歲到十歲小孩的家長，會請教兒科醫師教養方面的策略。因此，學齡前嬰幼兒的讀寫教育，可以透過兒科醫師來推行。

美國兒科醫學會二〇一六年調查顯示，壓倒性多數（九二％）的兒科醫師，都贊同早期讀寫教育有益嬰幼兒終身發展。紐約大學醫學院兒醫學副教授艾倫．門德爾松（Alan Mendelsohn）醫師就是這方面的專家。他告訴我：「美國家長在很多方面重視讀寫，但是很少有人想到這一方面。」他的研究[4]徹底分析了「學前閱讀」與「嬰幼兒社交－情緒發展」之間的關聯，證實讀寫不應該只發生在入學以後的課堂上，讀寫應該發生在每一個家庭裡，甚至兒科醫師的診間。

在門德爾松醫師領導下，紐約有一群兒科醫師，使用「閱讀療法」來介入高風險家庭。他們研究發現，**「閱讀療法」對嬰幼兒的影響不是一兩年的事，而是終身的。**

研究團隊追蹤了六百七十五個家庭、孩子從零歲到五歲的發展。研究團隊隨機從中挑選兩百二十五個家庭，用一套「影片互動計畫」（Video Interaction Project）來介入這些家庭。「影片互動計畫」是門德爾松醫師在一九九八年發明的，二十

---

2 CA泰勒（Taylor CA）等：*Parents professional sources of advice regarding child discipline and their use of corporal punishment*，暫譯〈關於兒童紀律，家長的專業諮詢來源之研究〉，小兒臨床醫學期刊，二〇一三年十一月。

3 寶拉·鄧肯（Paula M Duncan）等：*What do pediatricians discuss during health supervision visits?* 暫譯〈小兒科醫師與家長在兒童定期健康檢查時討論了什麼？〉二〇一三年五月四日發表於美國小兒醫學會年會。

4 艾倫·門德爾松（Alan Mendelsohn）等：*Reading Aloud, Play, and Social-Emotional Development*，暫譯〈大聲閱讀、遊戲、與社會情緒發展〉，美國小兒醫學期刊，二〇一八年五月。

年來，他一直持續透過研究來改良這套計畫。

按照美國現行嬰幼兒健檢及疫苗政策，幼兒出生至三歲時，至少會看診十四次。「影片互動計畫」具體的做法是：參加這個計畫的家庭，每次帶孩子看兒科醫師時，都會收到繪本、玩具等贈品。看診前後，家長與一位「教養教練」簡短會面，教練會向家長解釋孩子目前的發展階段，指導家長應該注意哪些嬰幼兒發展指標，說明接下來孩子可能會出現的行為。然後教練請家長和孩子一起閱讀互動，並錄影記錄。結束後，教練和家長一起觀看影片，同時向家長指出影片中孩子的反應代表什麼意義。

「家長一面觀看影片，一面在教練指導下觀察，當他們用不同的方式與孩子互動時，孩子會有哪些不同的反應。」門德爾松醫師說明，教練會提供家長一些具體做法：

- 製造各種音效來增加閱讀的樂趣。例如講到小貓，就喵喵叫。講到綿羊，就咩咩叫。

• 讓孩子主導，對孩子的任何反應都積極回應。如果孩子對書中某一個部分或角色表現出特別興趣，就多加著墨那個部分或角色。

• 玩角色扮演。例如孩子喜歡小狗，在書上看到狗的時候，就一起來演小狗，汪汪叫、搖尾巴，然後問孩子：「『小狗』現在感覺怎麼樣？開心嗎？難過嗎？生氣嗎？」

• 鼓勵孩子描述看到的插圖，並幫助孩子完善這個描述。例如孩子說：「氣球！」爸爸、媽媽可以說：「對，紅色的氣球！」孩子說：「紅色的氣球！」爸爸、媽媽可以說：「對，紅色的氣球在天上飛！」

門德爾松醫師說：「我們盡量對家長指出互動的正面部分。有些家長一開始認為教養教練的建議很幼稚、很可笑，但是當他們看到影片中孩子對這些互動方式的正向反應時，多半覺得新奇、有趣，也非常受到激勵。」實驗結束後，家長還可以把影片帶回家保存、與親友分享。

正向教養與互動，對孩子的影響極大。嬰幼兒發展的關鍵時期始於出生，而且在美國（或者任何先進國家），嬰幼兒一出生就會與兒科醫師接觸。門德爾松醫師指出，這對兒科醫師來說是非常好的時機，在寶寶一出生時就主動接觸家長，幫助家長改善教養技能。而最重要的教養技能，「無疑的，是親子共讀。」

早期讀寫被視為預防醫學

在這之前，門德爾松曾參與一個由美國國家兒童健康及人類發展學院贊助的研究[5]，做了一個先行研究。

在先行研究中，門德爾松的團隊在紐約市立醫院招募有新生嬰兒的家庭參加研究，一共招募了四百六十三個家庭，隨機分為三組，第一組閱讀，第二組玩玩具，第三組不介入。

第一組家庭，參加「影片互動計畫」，定期與教養教練會面，進行錄影實驗。第二組，不與教養教練會面，也不進行錄影，但會定期收到研究團隊寄送的教養手冊以及玩具。第三組家庭，不做任何介入。

團隊追蹤這些孩子到三歲，從「學習、模仿及遊戲參與力」、「注意力集中程度」、「分離焦慮程度」三個面向，定期評估這三組孩子。評估結果，十四個月大時，第一組閱讀組的孩子學習力最好，第二、三組孩子學習力相當。注意力集中度，三組孩子都相當。分離焦慮，第一組孩子最低，第二、三組孩子相當。

到了兩歲，第一、二組孩子的學習力相當，第三組較差。注意力集中度，第一組孩子最佳，第二、三組相當。分離焦慮，第一組孩子最低，第二組孩子次之，第三組孩子最高，而且三組孩子之中，只有第三組孩子分離焦慮程度上升，顯示缺乏共讀、遊戲等父母陪伴的孩子，最容易焦慮。

到了三歲，第一組有閱讀介入的孩子，各方面發展都明顯最好。第二組以遊戲介入的孩子，學習力也有提升。第三組沒有閱讀介入的孩子，過動、注意力不集中、出現攻擊行為的比例較高。

---

5 艾倫・門德爾松（Alan Mendelsohn）等：*Promotion of Positive Parenting and Prevention of Socio-emotional Disparities*。暫譯〈推動正向教養以預防社交情緒問題〉。美國小兒醫學期刊，二〇一六年二月。

結論是，第一組以閱讀介入的孩子，學習力與專注力都最好，**出現分離焦慮、過動、暴力問題的比例最低**。

研究同時發現，閱讀的力量，對於低收入、移民家庭的孩子影響尤大。這說明讀寫的影響力，甚至超越了個人或個別家庭，而是整個社會公平正義的基石。

這個先行研究證實「影片互動計畫」的有效性，令研究團隊大受鼓舞，進一步擴大計畫。門德爾松醫師說：「我覺得，**早期讀寫，甚至可以被視為一種預防醫學**。」用親子共讀、互動的方式，來預防社經地位造成的學習落差問題，甚至過動問題。用兒科醫師來接觸、介入這些家庭，是最有效的方式。

兩年後，門德爾松的團隊再度追蹤這些孩子，發現閱讀造成的行為影響，在兩年後仍然存在，而且五歲的孩子已經準備進入幼兒園，嬰兒期打下的閱讀基礎，成為他們入學後成功的基石。

過動、攻擊行為、注意力不集中，是當今影響美國兒童學習的三大障礙，**門德爾松的研究證明，從嬰兒期練習閱讀，可以幫助孩子成功跨越學習障礙**。門德爾松說：「我覺得這個實驗最大的收穫，就是向家長展現親子共讀的威力。」

這個實驗還有第二階段。參加第二階段實驗的家庭，在孩子三到五歲期間，繼續從兒科診所得到繪本、玩具、進行親子共讀錄影紀錄，兩年中至少與教養教練會面八次。這些家庭的孩子表現出更大的進步，而且愈到後來，家長的工作愈輕鬆，因為孩子已經可以自行享受閱讀的樂趣，並從中受益。

「過動行為減少，就是減少過動症的發生率！」門德爾松醫師說：「我們可能幫助了很多本來會發展出過動症的孩子。」尤其統計指出，貧窮家庭的孩子因為有太多課堂以外的事要擔心，入學後出現行為問題的機率比較大。門德爾松醫師相信，及早以閱讀介入，是弭平這種不平等最好的方法，不但減少問題行為發生機率，又能提升孩子的語言技能。

零歲閱讀　縮小學習落差

受教不平等，是近年來美國教育界關注的問題。談到不平等，最近幾年在美國幾乎沒有什麼好消息。女男同工不同酬的情況持續嚴重，貧富差距持續擴大，就業和就醫機會持續存在種族差異……不可否認，資本主義的確存在不公平。

雖有這許多壞消息，好在仍有一個好消息：高收入與低收入家庭子弟，學業表現的巨大差距開始縮小了。二〇一〇年代進入幼兒園的學生，程度比一九九〇年代後期平均好很多。原因就是**高品質的免費學前讀寫教育**。

根據美國國家教育統計中心（National Center for Education Statistics, NCES）過去二十年搜集的數據，從一九九八年到二〇一〇年代，NCES定期派出兒童學習評估員，進入全美一千多所公立及私立校園觀察，他們在每所學校隨機挑選十五到二十五名學童，進行深度訪談，評估他們的讀寫及數學程度；讓幼兒園的孩子分辨顏色、數數、認字母、聽音選字。他們也對家長進行訪談，以了解幼童在進入幼兒園前所做的準備。

美國教育研究協會（American Educational Research Association）的社會科學家，依據NCES提供的數據，追蹤「入學準備差距」的變化（即低收入與高收入家庭子弟，進入幼兒園時程度的差異）。他們的發現是令人驚喜的：從一九九八年到二〇一〇年，數學入學準備差距縮小了十%，讀寫差距則縮小了十六%。是的，差距仍然存在，但這一個小小的進步，扭轉了過去數十年來的趨勢，令人振奮。

研究員特別指出，這個改變，是因為低收入家庭子弟進步，而非由於高收入家庭子弟退步。美國教育研究協會與維吉尼亞大學合作的研究顯示，二〇一〇年代進入幼兒園的孩子，不論來自貧窮或富裕家庭，讀寫與數學技能，都比一九九〇年代後期入學的孩子好。不同族裔之間的入學準備差距也有縮小，白人與黑人學童、白人與西語裔學童的差距，在過去二十年間，都縮小了百分之十五。

這個令人驚喜的發展，背後的原因是什麼？美國教育研究協會指出，最大的可能性是對貧窮家庭而言，現在比過去任何時候都更有機會得到高品質的、免費的學前讀寫教育。

親子常共讀 孩子更幸福

當然，不是只有貧窮兒童才能從早期讀寫教育受益。美國小兒醫學會委員、兒少心理學家佩里・克拉斯（Perri Klass）醫師，多次在她的執筆的《紐約時報》專欄中，呼籲家長從小重視「閱讀」和「遊戲」，更指出，閱讀對嬰幼兒的認知、社交、情緒發展有決定性的影響力，因為親子共讀帶給孩子的不是只有書本，還有共讀的時候，爸爸、媽媽心無旁騖的注意力。門德爾松醫師說，繪本中的角色常常會遇到一些麻煩，爸爸、媽媽就可以利用這個機會，暫停一下，跟寶寶一起討論這些麻煩可以怎麼解決，引導他們動腦。

克拉斯醫師本身也是美國閱讀推廣機構「展臂閱讀」（Reach Out and Read）的醫療主任。這個組織的主張與門德爾松醫師主持的計畫類似，都是透過兒科醫師，向家長推廣早期讀寫教育。

「展臂閱讀」已有三十多年歷史。當年，兩位波士頓地區的兒科醫師，發現候診室書架上的童書常常不見，他們觀察到，無法負擔書籍的弱勢家庭，會拿走候診室的童書，帶回家給孩子看。這兩位醫師從中體認到，兒科醫師擁有獨特的機會向家長發揮影響力，可以藉由推廣早期讀寫，來促進幼兒發展及心智健康。於是，他們開始以「開書單」代替「開藥單」，並指導家長大聲閱讀給孩子聽，藉由創造語言互動的機會，促進嬰幼兒的早期腦部發育。

到了二〇〇一年，「展臂閱讀」發展為全美五十州、有一千五百個據點的大型全國兒科醫師組織。由於支持者持續不斷的捐助，「展臂閱讀」的組織規模每年都有約五％的成長，也讓他們可以免費送書給病人，這些醫師每年送出一百六十萬本書。（編按：臺灣近年也在陳宥達醫師推動下成立了「展臂閱讀」組織 Reach out and Read-Taiwan，起先於二〇一五年與高雄市那瑪夏衛生所合作推行，繼而在二〇一七年正式成立「展臂閱讀協會」，一些富熱忱的兒科醫師相繼加入，在各縣市的醫院、診所、社區推動臺灣的「展臂閱讀」，迄今已有六十多個醫療據點。）

二〇一八年，「展臂閱讀」透過全美六千個小兒科診所，每年服務四百八十萬五歲以下的嬰幼兒及其家庭，其中四分之一嬰幼兒來自貧窮家庭。四百八十萬聽起來是一個令人印象深刻的數字，但「展臂閱讀」現任執行長布萊恩·加拉格爾（Brian Gallagher）並不自滿，他的目標是要讓「早期讀寫」變成美國人的全民運動。他指出，美國有一千兩百萬五歲以下嬰幼兒，而「展臂閱讀」目前只影響了不到一半孩子。

加拉格爾本身是一位教育家，在加入「展臂閱讀」之前是位高中老師。談到「早期閱讀」時，他加重語氣強調：**「閱讀教育，一定要及早開始，不是三歲以前，而是六個月大就開始。給孩子這個機會，給美國這個機會。」**言下之意，早期讀寫是孩子終身成功的基礎，也是國民素質的根基。

美國公立教育從五歲開始。根據美國非營利研究機構「兒童趨勢」（Child Trends）統計，三分之一的五歲兒童，在入學時，尚未奠定能夠讓他們成功學習的基礎。加拉格爾相信，透過兒科醫師介入家庭、落實早期讀寫教育，可以改變這一點。**親子共讀，是爸爸、媽媽能為孩子做的最美好的事之一。**

回憶童年，很多人都有這樣的美好記憶：爸爸、媽媽抱著我們，讀一本我們最喜歡的故事給我們聽。我們大概不會記得那個故事，但是我們會記得大人給我們的那種被愛和安全的感覺。「我很幸運，來自一個閱讀的家庭。」加拉格爾說：「我的父母常常讀故事給我聽。後來也讀故事給我的孩子聽。我常說，那是我一天最美好的時光。」

聽他這樣說，我實在羨慕——因為我自己缺乏這方面的經驗，我沒有被爸爸、媽媽抱著聽故事的記憶。但我完全可以想像那個美好的畫面，而且如今已成為母親的我，最享受的，的確也是讓兩個孩子坐在腿上，跟他們一起讀故事，然後討論書中的角色與劇情。

也許，**親子共讀的影響力不完全來自書本本身，也來自與爸爸、媽媽的互動**。親子共讀，可以減少孩子的行為問題，因為與父母愈親密的孩子通常愈快樂，父母也愈享受育兒的過程，形成良性循環。加拉格爾有兩個孩子，分別是十歲、八歲。門德爾松醫師也有兩個孩子，都已長大成人，女兒二十三歲、兒子二十一歲。從孩子會坐開始，他就常常與孩子一起共讀。迄今他還記得：「那是最美好的時光。直到現在，每次看到那時候我們一起看書的照片，我都會笑。」

門德爾松醫師更進一步指出，「親子共讀」，不是「讀給孩子聽」，而是「跟孩子一起讀」。他強調要有「對話、互動」，還要配合玩一些「想像遊戲」，才能給孩子機會去磨練他們的社交能力及情緒控制。

「跟孩子讀得夠多之後，可以玩一些角色扮演遊戲，給他們機會在心中發展出各個角色的形象，去想像那個角色的感覺。」聽說我也是兩個幼兒的母親，他熱心指導我：「這樣做，孩子可以學會一些描述感受的字彙，學會如何表達自己。」如果他們不學會這些，在與人互動時，會難以用正確的方式表達自己的感受，當他們生氣或難過時，就只能用肢體去表達，演變成打人或其他大人眼中的壞行為。

「想像遊戲」可以說是最初的「表達力練習」，也是最初的「寫作練習」——因為寫作訓練，其實就是表達力的訓練。是的，**三到五歲的孩子未必會拿筆，但是他們已經可以開始練習自我表達，而自我表達就是「寫」的第一步。**

門德爾松的「影片互動計畫」研究從紐約起步，成功得到各界重視，目前已經更進一步，在匹茲堡及密西根州弗林特市推廣。弗林特是一個貧窮的小城市，匹茲堡也有大量貧窮人口，弱勢家庭的嬰幼兒亟需幫助。

用讀寫預防兒童過動症

弗林特本是一個寂寂無名的小城市，二〇一六年爆發飲水危機，超過四萬名兩歲以下嬰幼兒發生鉛中毒，因而躍入大眾視野。揭發本案的兒科醫師莫娜・漢娜・阿提沙（Mona Hanna Attisha）在接受《時代雜誌》採訪時表示：「鉛中毒只是弗林特的家長要擔心的許多事情之一……弗林特的孩子，在成長過程中會遇到的障礙可多了。將近六〇％的孩子來自貧窮家庭，整個城市沒有一家服務完善的超市。我們是全美犯罪率最高的城市之一。我們的學校系統破敗，我們的青壯人口流失，還有嚴重的種族歧視。」

知名的西北大學發展心理學教授桑德拉・瓦克斯曼（Sandra Waxman）醫師，在《國會山報》談弗林特問題時，提出當地教育資源稀缺，弱勢家庭非常需要高品質的學前教育：「我們最需要的是那種，針對幼兒，可以協調、整合親子互動的早期學習方案。」而門德爾松醫師的「影片互動計畫」正是這樣的方案。透過影片互動計畫，弗林特的兒科醫師在嬰兒出生後一週，就開始提供弱勢家庭書本、玩具等資源，並由教養教練輔導家長使用這些資源。門德爾松醫師說：「我們在弗林特才剛開始，但已經觀察到，加入影片互動計畫的家庭，更懂得去運用社區裡的教育資源。我想這是一個好的開始。」

鉛是已知最危險的神經毒素之一，這種重金屬會影響幼兒的認知及行為發展，甚至他們的整個生命歷程。鉛中毒也會引發過動症。

而門德爾松醫師的研究已經證實，早期讀寫，有助改善過動行為，預防過動症發生。弗林特鉛水危機帶來的危害不可逆轉，但可以用各種方法減到最低。讀寫練習就是很好的方法，不用藥、沒有副作用，用溫和的方式，幫助孩子改善行為，集中注意力。

門德爾松的結論是：「當家長與幼兒（零到三歲）一起讀的時候，這個最初的讀寫練習就像遊戲一樣，很有趣，而且能幫助小孩入學以後成功學習，更有形塑孩子終身行為的力量。我希望我的兒科醫師同業們，都能在看診時鼓勵家長與孩子共讀。」

跟兒科醫師一樣，學前教育工作者也是家長在教養路上的好夥伴，可以一起為促進嬰幼兒健康發展而努力。因此，門德爾松醫師的研究團隊，與紐約市議會合作，展開「城裡最初的讀者」（Ciry's First Readers）計畫，在市立圖書館與托嬰中心推動早期讀寫。

事實上，全美各地都有類似「城裡最初的讀者」計畫。以我住的聖地牙哥為例，市議會與市立圖書館有「幼兒園以前的一千本書」（1,000 Books Before Kindergarten）計畫，提供市民免費參加。大兒子五歲的時候，就是透過這個計畫，在幼兒園畢業前讀完了一千本書。

參加「一千本書計畫」的市民，在圖書館登記並建立帳號，之後每週會收到適合孩子年紀的書單以及親子共讀指南，書單上的書都可以在當地圖書館找到。爸爸、媽媽每陪孩子讀完一本書，就登記在圖書館帳號下。每讀完一百本書，孩子會得到一條「聰明彩帶」。讀完一千本書所得到的十條彩帶，排列起來甚是壯觀，會讓孩子很有成就感。配合「一千本書計畫」，圖書館也會舉辦各式各樣的活動，鼓勵學齡前幼兒閱讀。

二十七年前，當「展臂閱讀」團隊開始通過兒科醫師開書單給前來就診的家庭時，美國人說這是為了「促進掃盲」。隨著時代進步，美國人開始說這是為了「為入學做好準備」。隨著大腦發展相關研究愈來愈多，美國人開始認識到，當我們把書放到孩子手中，當我們把書帶進孩子家裡，我們真正在做的，是創造一個語言豐富的親子互動環境，以促進年幼的大腦發育。

有聲書不能替代親子互動

實施早期閱讀，專家最強調的是跟寶寶互動、與寶寶對話、給予寶寶正面回應的「共讀」。克拉斯醫師強調，與一到兩歲的寶寶共讀，不是逐字逐句念故事書給寶寶聽，是用書本練習指物命名、根據書本內容與寶寶問答、以及共享屬於親子的美好時光。

是的，親子共讀是一門大學問，需要家長全心投入，比單純念故事給寶寶聽複雜多了。於是，很多家長會詢問兒科醫師：「一定要親子共讀嗎？放有聲書給寶寶聽呢？放音樂給寶寶聽呢？」

不只是兒科醫師，做為資深醫療及文教記者，我也常收到讀者來信問及類似問題。可以理解，讓寶寶坐著看書很困難，教育孩子很累人，如果放一片莫札特或《小小愛因斯坦》音樂影片，就能讓寶寶「自動」學習，家長便輕鬆愉快得多。於是，不知從何時起，有小布偶隨著古典音樂舞動的小小愛因斯坦系列影片，成為不可或缺的零罪惡感教養工具。

但是，教養是沒有捷徑的。密西根州立大學研究[6]指出，電子書的聲光設計，反而不利家長與孩子就書本的內容進行深入的互動。偏偏就像紙本書一樣，

6 蒂芙妮．蒙澤（Tiffany Munzer）等：*Differences in Parent-Toddler Interactions With Electronic Versus Print Books*。暫譯〈家長與幼兒共讀電子書與印刷書籍的互動差異〉。美國小兒醫學期刊，二〇一九年四月。

電子書的優點，也一定要通過親子互動才能發揮。美國南達哥他州立大學與加拿大多倫多大學聯合研究[7]指出，不論是用電子書還是用紙本書共讀，跟爸爸、媽媽一起讀的幼兒，都對書本表現出較高的興趣，並且積極想要參與閱讀過程。

而「放音樂讓寶寶自動學習」，恐怕只是個令家長愉快的幻想。聽音樂對嬰兒的大腦發展當然沒有壞處，但寶寶不會聽了音樂就自動變聰明。長期以音樂對人腦發展效應為研究主題的哈佛大學研究員賽穆爾．梅爾（Samuel Mehr）博士指出：「證據顯示，莫札特或是其他任何音樂，對大腦發育或認知發展沒有任何影響。」

「聽音樂讓寶寶更聰明」的「莫札特迷思」，事實上是產品廣告推波助瀾的結果，《小小愛因斯坦》等相關產品因此熱銷一時。但二〇〇九年，美國聯邦消費委員會裁定《小小愛因斯坦》廣告誇大了音樂對嬰兒大腦發展的作用，發行《小小愛因斯坦》的迪士尼及其他公司因此必須賠償購買了該系列產品的家長。

當然，聽音樂可能還是有平靜寶寶情緒等其他好處。美國知名心理學家、維吉尼亞州立大學心理學教授丹尼爾．威林厄姆（Daniel Willingham）指出，本案給我們最重要的啟示應該是：教養無捷徑。如果想真正提升寶寶的大腦發展或認知技能，應該採用有充分科學證據支持的方案：「目前我們唯一知道能提升寶寶學習力的方法，只有親子共讀。而且親子共讀造成的智力提升效果，是長期的、可積累的。」

至於有聲書，雖然不能取代親子共讀，但可以做為輔助有閱讀障礙學生很好的學習工具，本書第三章另有詳述。

另外一個家長們常常提出的問題是：寶寶無法長時間集中注意力，要讓他乖乖坐下來聽故事很困難，怎麼辦呢？

門德爾松醫師和加拉格爾都說，實施親子共讀，並不需要讓寶寶長時間集中

---

7 斯特羅斯（Gabrielle A. Strouse）、加內亞（Patricia Ganea）：*Parent-Toddler Behavior and Language Differ When Reading Electronic and Print Picture Books*。暫譯〈閱讀電子書與印刷圖書時，家長與幼兒間的行為與語言差異〉。心理前沿期刊，二〇一七年五月。

注意力，研究顯示，從六個月到五歲，認真共讀，一天只要十分鐘就足夠。「事實上，如果從寶寶六個月大起，就堅持一天共讀十分鐘，等到他五歲的時候，很輕鬆自然的就能集中注意力至少二十分鐘了。」門德爾松醫師說：「這是親子共讀最大的好處之一。」

就算如果錯過了零到三歲的黃金親子共讀時段，也不必放棄。美國華盛頓州立大學研究顯示，直到學齡階段，親子共讀仍然能夠發揮對學童行為發展的影響力，不但有助兒童學業成績，也能幫助他們建立起其他重要的生活及學習能力。

研究員追蹤小學一到三年級的學童五年，觀察他們在家進行的讀寫活動、他們在校的進步情形以及其他技能表現，與師長的深度訪談以及在校的成績評量都列入考慮，並從以下三方面的水準來評估學童發展情形：集中注意力的能力、訂定目標的能力、控制情緒的能力。

這個研究由華盛頓州立大學教育心理學教授維吉尼亞·W·貝寧格（Virginia W. Berninger）及妮可·阿爾斯通阿貝爾（Nicole Alston-Abel）領導，研究成果發表於二〇一七年五月號的《教育及心理諮商》期刊（*Educational and Psychological Consultation*）。貝寧格教授指出，**親子共讀力量大，不是因為家長在家教小孩讀書寫字，而是這個過程幫助孩子學習自我管理**。她進一步指出，寫作在這個階段跟閱讀一樣重要，並且據她觀察，參與研究計畫的孩子，在寫作上遇到更多挑戰，需要更多協助。

所以，就算錯過了零到三歲的黃金親子共讀時段，仍然有機會補救，補救方法，將在本書第三及六章詳述。儘管如此，專家鼓勵讀寫練習應該儘早開始，讀寫有帶來幸福的力量，不是誇大其詞。正如知名神經醫學家尼爾斯・伯格曼（Nils Bergman）說的：「養育一個健康的孩子，比修理一個壞掉的成人，簡單多了。」

當我們把書放到孩子手中，我們真正在做的，是創造一個語言豐富的親子互動環境，以促進年幼的大腦發育。

CHAPTER

2

【K～二年級】

閱讀不斷電，大腦真的會變聰明

不論是讀者來信或是節目採訪，我常常遇到這些問題：「小孩在美國讀書，是不是比較輕鬆愉快？」「美國的小學很少出作業吧？」「聽說美國的小學不重視考試？」

我認為，跟國內比起來，美國小學教學的確比較靈活，孩子在學習經驗上的確也比較愉快，但是愉快的學習不等於輕鬆，輕鬆的學習也不一定愉快。美國小學生當然有作業，事實上，根據二〇一〇年頒訂的共同核心學力標準（Common Core Standard），從K（相當於臺灣的幼兒園大班）開始就有作業。美國小學也重視考試，一般公立學校從一年起開始實施週考，但不會「只」重視考試，考試也不是評量學習成就的唯一方式。

聽我這樣說，讀者或許會皺起眉頭：「哎呀，在美國讀書也沒有多好，還是一樣考試、寫作業啊！」

或許是因為厭煩了考試導向的教學方式，臺灣有不少家長對於考試、出作業的教育方式反感。我並不主張多考試、出作業就一定有利學習，但考題與作業是教材與教學設計的重要一環。我們應該把焦點放在「如何設計出更好的考題與作業來輔助教學」，而非「小學低年級不該考試、寫作業」。其實，我也曾對「幼兒園大班就有回家作業」抱持懷疑態度。但是我的孩子升上小學一年級，我親身體驗到精心設計的作業，真的可以幫助孩子無痛的幼小銜接，循序漸進養成自發讀寫的習慣。相對的，設計不佳的作業與考試方式，會搞壞孩子的讀寫胃口。實施讀寫教育，作業設計和評量方式是一門很大的學問，小學中低年級尤其如此。

美國學校教育是如何從教材與教法、作業設計、親師合作這三方面，引導從幼兒園到小學的孩子，從讀到寫，順利接軌的呢？小學低年級的讀寫作業與評量，是怎樣設計的呢？

美國義務教育是十三年，從K開始。K是 kindergarten 的縮寫，相當於幼兒園大班。再往前推，稱為 pre-K 及 early pre-K，則相當於幼兒園中班及小班。

從K開始　預防暑期學力滑落

K是美國國民教育的第一年，進入K被視為重要的人生里程碑，K開學日是僅次於寶寶誕生日的熱門社群媒體曬娃日。雖然入學年齡相當於臺灣的幼兒園大班，但實質意義更接近臺灣的國小一年級。本章將探討美國從K至二年級的讀寫教學，相當於臺灣幼兒園大班至國小二年級。

K受到重視是有理由的，因為這是孩子開始有「必須達成的學習進度」的第一年。美國家長如何幫助孩子做好進入K的準備？除了培養生活自理能力以外，在學習方面其實只有一個祕訣，就是持續閱讀。

在這裡我分享一個親身經驗。大兒子進入K的時候，適逢我寫的《美國讀寫教育改革教我們的六件事》新書出版，上市日正好是開學日。我很想帶孩子回臺灣參加新書宣傳活動，又擔心他錯過開學第一週的課程，會影響他在K的適應與學習。

新生說明會時，我向校長表達了我的疑慮，並請教他的意見。

校長是位身材高大的中年男性，講話的時候習慣身體微微前傾，有種自來的誠懇。他說：「不要擔心，一個星期並不太長。只要記得每天讀故事給他聽，然後讓他覆述你讀給他聽的故事。」

「有沒有推薦的書單？」

「沒有。讓小孩自己選一些他喜歡的書。」

「還有呢？」

「就這樣。」他溫和的笑一笑：「你是跑教育線的記者？那麼，你一定知道閱讀是對抗學力滑落最有力的手段，不用我多說了。」

校長說的「學力滑落」，又稱「學力流失」，是指長達兩三個月的長假期間（通常是暑假），孩子都沒有閱讀，造成學習力退步。

學習需要累積，同樣的，學力流失也是會累積的，三個月不閱讀的結果，是災難性的。美國讀寫教育推廣機構「閱讀是基礎」（Reading Is Foundamental, RIF）研究顯示，暑期學力滑落，不是「開學以後多讀點書」就可以補救，如果一個孩子從幼兒園起，每逢暑假就放下書本，那麼升上小學五年級那一年，他的學力將落後同儕整整三年。暑期學力滑落的影響深遠，甚至會延伸到孩子成年後。

持續閱讀　會讓大腦變聰明

另一方面，持續閱讀，可以讓孩子變「聰明」。麻省理工學院神經學家約翰・加布里耶（John Gabrieli）長期致力於學力流失、學習障礙方面的研究，並嘗試找出影響個別學童對不同方案反應的因素。他發現，多數兒童對於暑期閱讀計畫都有良好的反應。

他的研究團隊使用核磁共振造影（magnetic resonance imaging, MRI）來剖析閱讀對學童大腦結構造成的改變——閱讀時，布洛卡氏區（Brocas area）的皮質會增厚，這是大腦產生訊息、主管理解力的部位。換言之，持續閱讀讓孩子變「聰明」了。

「如果你把那些閱讀有困難的孩子放著不管，他們在學校裡各個科目都會遇到可怕的困難。我們用閱讀來改變他們的腦迴路，從實驗看來，這有助提升他們的學習力。」加布里耶說。他是麻省理工學院的大腦及認知科學教授，也是麻省理工麥高文腦研究中心（McGovern Institute for Brain Research）的成員。

上述研究發表於二〇一七年六月的《大腦皮質期刊》（*Journal of Cerebral Cortex*）[1]。研究員雷切．羅密歐（Rachel Romeo）說：「我們發現，單純的閱讀練習，就能提升學力。」

於是，前年返臺期間，我讓孩子帶著他喜歡的書，旅途中也維持睡前親子共讀的習慣。親戚家的長輩逗孩子：「放暑假，媽媽還要你看書，辛苦不辛苦？」

這個問題讓他愣了一會兒，才說：「可是，暑假這麼長，不看書會很無聊！」

---

1 加布里耶（John Gabrieli）及羅密歐（Rachel Romeo）等：*Socioeconomic Status and Reading Disability: Neuroanatomy and Plasticity in Response to Intervention*。暫譯〈社經地位與學習障礙：解析腦神經對閱讀介入法的反應〉。大腦皮質期刊，二〇一七年六月。

這就回應了本章一開始談到的，關於快樂的學習與輕鬆的學習。談到中低年級的學習，我們常常陷入錯覺，把「快樂」與「輕鬆」劃上等號。但仔細一想，就會發現這種前提實在是非常錯誤甚至危險的。輕鬆帶來的是安逸，安逸並非真正的快樂。從K開始，美國的教師就對學生潛移默化，培養他們一個觀念：**學習的快樂，來自「自我挑戰」所帶來的滿足感與成就感**。

幾乎所有家長都看過那個一年級孩子玩的「成長心態」迷宮（美國小學教師常用的迷宮遊戲，網路搜尋 Escape a fixed mindset 就可以找到許多版本），通常是設計成大腦狀的迷宮，若是沿著「我可以進步」、「我努力嘗試」、「挫折是成功的練習」等句子，便能找到出口。而順著「我天生不會寫作文」、「一次考不好就完蛋了」、「練習並沒有幫助」這些句子，便會走進死胡同。這種心態鍛鍊，一直到大學階段都很常用，寫作練習在其中扮演重要角色。

當孩子經由持續閱讀，奠定了厚實的學習力，進入K後，挑戰便開始了。學校有學習進度，回家有家庭作業；而且五歲到六歲這一年，孩子要從學前的塗鴉，更進一步真正開始寫作，必須從**會閱讀**，進階到**會寫作**。

寫作教學，從一九七〇年代開始，就有兩派教學法互相拉鋸：一派注重拼字、文法等基礎技能，講求作品的「正確性」；另一派更重視發展寫作的可能性，教學生透過文字與社會連結、以文字做為溝通與思考的手段。前者過度在意機械性錯誤，因此很有局限性，並不能引發學生對寫作產生興趣。但完全不糾正拼字與文法錯誤，卻也是行不通的。對於小學中低年級這個階段的寫作教學，美國教育界幾乎已有共識：在K階段，毋需要求拼字正確，只要能應用拼讀法，以字母表現出所想表達的單字的讀音即可。因為在早期語文活動裡，孩子的寫作能力，是從口說與繪畫逐漸發展而來的。

亞歷桑那州立大學師範學院教授史蒂夫．格雷厄姆（Steve Graham）研究「年輕人如何學習寫作」一凡三十年，寫過多本關於寫作教育的書，最暢銷的一本，是與另外兩位學者合著的《給所有學生的強大寫作策略》（暫譯，*Power Writing Strategies for All Students*）。他指出：在這個階段，想要增進學童的寫作力，與其著重糾正拼字、文法，不如常與學童練習「分析式閱讀」。因此，他建議進行閱讀練習時，教師或家長可以設計對話，與孩子討論作者的意圖。例如，作者用了哪些文字，如何描述，讓這個地方看起來很真實？或者，作者如何陳述意見，讓文章很有說服力？

寫作新手上路　多鼓勵少糾正

K到小學二年級這個階段，學童開始學寫作文，人們最常想到的作文問題是錯別字。前面已經談到，這個階段的寫作練習，毋需要求學生拼字正確，但這並不代表教師完全不需要指導學生如何使用正確的文字和文法。格雷厄姆建議，師長對孩子的文字應該多鼓勵、少糾正。「有時候，當孩子來到我們跟前，分享他們的作品時，並不是想得到意見反饋，而是想要獲得肯定。」這很重要，所以，一開始，教師或家長應該先強調最喜歡這篇文字的哪個部分。這不表示不能糾正孩子，但只要挑一兩點來講就夠了。

家長、甚至有經驗的語文教師，不時都會不小心犯了這種錯誤：一下子給孩子太多建議，既超過孩子能吸收的程度，又讓孩子心中對寫作產生挫敗感。格雷厄姆提醒師長：給予反饋時，要記得我們並不「擁有」這篇文章，這篇文章的作者、擁有者是孩子。用問問題的方式給予建議，例如：「這樣寫會不會比較好呢？」而不是說：「應該這樣寫……」把最後的決定權留給孩子，讓他們自己決定如何安排文字。

這個階段，教師如何設計出對學生真正有幫助的寫作作業，是門大學問。好的寫作作業，不是出一道作文題目而已。好的寫作作業，要提供發展文章的具體引導，讓學生有機會設定目標讀者，選擇相關題材，並進行一系列的認知加工。作文的第一課，不是起承轉合，而是認識讀者。而認識讀者的功課，從K就開始學習了。

我曾有機會在K的教學現場，看到第一線教師如何拿捏這個難題。

美國公立學校注重親師合作，家長到校擔任志工的風氣非常普遍，我每個月固定在兒子的學校擔任志工。聖誕節前，有一天，我在兒子教室裡，很幸運的看到了一份非常符合上述標準的寫作作業。孩子們的「作文」在教室後面展示，作文題目是「最棒的禮物」。

對於這道題目，老師給出具體的引導：「告訴聖誕老公公，你心目中最棒的聖誕節禮物是什麼。這個禮物為什麼最棒？而如果得到了這個禮物，你要做什麼？」

所以很清楚的，這篇文章設定的讀者是「聖誕老公公」。五六歲孩子的寫作練習，常常只有三句話。我兒子寫的是：「最好的禮物是永遠跟弟弟一起玩，因為我愛弟弟，我們要一起玩車子。」

其他還有幾篇作品，特別令我印象深刻：

「最好的禮物是紐約，因為爸爸去紐約工作了，我想去紐約看爸爸。」

「最好的禮物是迪士尼，因為迪士尼很好玩，我要帶媽媽一起去玩。」

「最好的禮物是一顆足球，因為我想當足球選手，我要天天在後院裡練習踢足球。」

這幾篇文字，都表達順暢，而且有一種符合作者年紀的渾然天成，讓人看了覺得很溫馨。但有一件令我在意的事，那就是每篇文字都有錯字。有的孩子把快樂（happy）拼成 hapey，紐約（New York）拼成 Noon Yok。

下課的時候，我與老師閒聊，提出心中的疑問：「小孩拼錯這麼多字，不用糾正他們嗎？」

「在這個階段不需要。學習拼字的第一步，是讓他們熟悉聲音跟符號之間的連結。英文的拼字有很多例外，小孩會覺得迷惑是很正常的，目前只要他們能夠用字母表現出一個字的讀音就行了，那些拼字錯誤，例如把 k 跟 c 弄混什麼的，等上了小學一年級再慢慢糾正過來。」

老師進一步說明，希望多引導孩子享受用文字表達自我的樂趣，不希望很多瑣碎的拼字及文法問題，令孩子覺得難以負荷，反而本末倒置。但這並不代表在小學低年級，完全不用糾正學生的拼字或文法。

那天，老師給我了看一樣有趣的東西。教室布告欄上，有一張「我們的寫作目標」大字報。下面有很多項目，例如「每句話的第一個字母要大寫」、「使用空格」、「使用標點符號」等等。每個項目下面都貼著幾張寫著名字的便利貼。

「這是什麼？」

「這是孩子們的**文法目標**。每個星期，我讓他們自己決定本週的文法目標，把自己的名字貼在目標下面。那個星期的作文，我就會針對他們自定的目標做糾正。目標以外的其他文法錯誤，我就寬容一些。我不希望發回去的作文改得滿江紅，那樣會導致孩子的寫作樂趣都沒了。」

她告訴我，這個方法的祕訣在於，讓孩子覺得學習是由自己主導的，對自己的作品有一種「**擁有感**」，因此有動力去改善自己的寫作品質。她還告訴我，這個方法很有效，很少有孩子會停留在同樣目標超過一個月而沒有明顯改進的。

對於作品的「擁有感」，是寫作教育的一個重點，從學齡前到大學階段都很重要。至於精實拼字與文法，則從小學一年級開始養成，然後在三到五年級持續強化。

理想的讀寫訓練與作業設計

美國教育界主張閱讀與寫作不應該是一門科目，而應該是學習的工具；學生需要更多機會練習「跨科際讀寫」。很多人以為跨科際讀寫訓練，須等到小學高年級或國中開始。事實上，跨科際的讀寫訓練，完全可以從小學低年級開始！

美國小學低年級教師，會利用圖畫書，設計有趣的課程，激發學童對讀寫的興趣。同時，連結語文以外的其他科目，也是很普遍的操作。下面以 RIF 根據經典圖畫書設計的小學二年級教案為例，看看美國小學低年級如何進行**跨科際讀寫教學**。

這個教案以英國知名畫家英格．莫爾（Igna Moore）的繪本《我在森林有個家》（*A House in the Woods*）為教材。故事很有趣：森林裡住著豬小妹跟豬小弟，當小豬結伴去散步的時候，家裡卻來了棕熊跟麋鹿，而且竟然把小豬的家弄垮了。麋鹿提議蓋一間大房子，讓大家都住在一起。於是，他們打電話給海狸，要求蓋一間有窗有門有屋頂，還有樓梯和煙囪的房子……。

教師可以利用這本圖畫書，設計家庭作業。也可以利用這本圖畫書，進行跨科的 STEAM（科學、科技、工程、美術、數學）教學。以下就是實際的跨科讀寫活動設計。

家庭作業

請家長陪同孩子在上課前一天讀完這本書。

語文活動

記憶對對碰。

同學二到四人一組，分組進行記憶配對遊戲。教師把本書中的生詞，例如「晚餐」、「帳單」、「煙囪」、「水獺」等，做成字卡，發給每一組學生，以撲克牌遊戲「對對碰」的方式進行遊戲。

閱讀討論與寫作練習

- 敘事觀點分析：你覺得作者為什麼選擇動物，而不是人，來做為這本書的主要角色？
- 申論寫作練習：讀完這本書以後，你覺得什麼是「合作」？
- 科普寫作練習：在大自然中，大熊、麋鹿、小豬跟海狸應該住在哪裡？
- 創意寫作練習：如果讓你來寫這本書，你會選哪些動物來當書中的主角？為什麼？

科學活動：小熊怎麼了？

準備四個杯子，第一個杯子裡放清水，第二個杯子裡放鹽水，第三個杯子裡放小蘇打水，第四個杯子裡放醋水。另外準備四個干貝熊軟糖。

指導學生測量干貝熊軟糖的大小並記錄。在每個杯子裡放入一個干貝熊軟糖。兩天後，把干貝熊軟糖拿出來。再次測量並記錄干貝熊軟糖的大小，並請學生描述干貝熊軟糖此時的外觀。討論放在不同液體裡的干貝熊軟糖，出現了什麼不同變化？哪一種液體裡的干貝熊變化最大？為什麼？

科技活動：時間的變遷

仔細看看書中的插圖。找出三樣跟現在看起來不大一樣的日常生活用品（例如：電話機）。

討論：這樣用品是什麼時候發明的？隨著時代變遷，這樣用品有什麼改變？新科技如何改變這樣用品的設計？

工程活動：施工區

準備黏土及冰棒棍。

指導學生用黏土及冰棒棍蓋房子。在蓋之前，他們應該先畫好設計圖。用黏土扮演砂漿的角色，把冰棒棍黏在一起。思考建築的順序，以及要如何應付特別的挑戰（例如惡劣的天候、鬆軟的地基⋯⋯。）

美勞活動：森林裡的家（為一般班級設計）

準備鞋盒、厚紙板、彩色紙、剪刀、膠水。

選擇一個書中的角色。你覺得他會喜歡住在什麼樣的家裡面呢？用鞋盒和厚紙板幫他做一個家。

美勞活動：歡迎光臨（為多元種族班級設計）

準備彩色紙板、鉛筆、蠟筆、彩色筆。

歡迎客人最好的方法之一，就是在家門口掛一個「歡迎」標誌！還有什麼其他歡迎客人的方法？你會用其他語言說「歡迎」嗎？設計一個掛牌，用你最常用的語言在上面寫「歡迎」。

數學活動：三明治酬勞

故事中，海狸收取花生醬三明治代替酬勞。如果有二十隻海狸，你猜猜動物們做了幾個三明治？（插圖中）他們做了六盤三明治。如果每個盤子裡有十五個三明治，總共有幾個三明治？這個數字跟你猜的數字接近嗎？這些三明治可以平均分給二十隻海狸嗎？每隻海狸可以得到幾個三明治呢？

這個教學案例，就是運用「讀寫」進行跨領域教學的一個實例，在美國教育界非常普遍，並且從低年級就開始。

家長參與 攸關孩子學習成效

前面說過，美國公立學校從K開始就有家庭作業。前年我帶兒子回臺參加新書活動，返美時，學校已經開學一週，有作業等著他了。當時他嚇了一跳，一開始十分抗拒。在這裡我得檢討，沒有幫小孩做好心理準備，實在是家長不對。

公立學校K及低年級階段，作業設計的原則，不以提升學術成就為目的，而以培養責任感與養成學習習慣為目標。除了各公立學校大力推動**每天親子共讀十五分鐘以外，其他作業，以十分鐘內可以完成為原則**，依年級每年遞增十分鐘。

基於這個原則，第一年的作業設計得很有趣，有遊戲性質。我看過的充滿趣味的讀寫作業，包括：

- 從家裡的東西上找出字母A（可替換其他字母），看看你能找出幾個。
- 請爸爸媽媽念一本新的故事書給你聽，只念一半，然後你來猜猜結局。
- 找一本你最喜歡的故事書，幫它畫個新的封面。

- 寫一張聖誕卡，送給附近的老人公寓。
- 跟爸爸、媽媽寫一篇交換日記。你可以用畫的，爸爸、媽媽要用寫的（給家長：請用簡單的、孩子看得懂的字來寫）。

就連我兒子那樣一開始非常抗拒作業的孩子，也慢慢接受了，每天排出固定的時間來「玩」作業。

升上小學一年級以後，開始有電腦閱讀測驗等「真正」的作業。不過，因為已經養成排出固定時間寫作業的習慣，完全無痛接軌。

K到低年級階段的作業，絕對需要家長參與。這是低年級作業的另一個目的：搭起親師合作橋梁，讓家長有管道了解並參與孩子的學習。

近年來，家長之間開始有「不要家庭作業」的呼聲，但波士頓大學教育及人類發展教授珍妮·班培查特（Janine Bempechat）指出，精心設計的高品質作業，是為了培養學生的學習行為及信念。

她進一步指出，愈來愈多家長抱怨學生課業負擔太重，希望不要出家庭作業。但調查顯示，家庭作業不是課業負擔的來源：「中產以上階級的家庭，孩子可能作業很多，壓力很大。但是貧窮家庭，那就是另一回事了。」因為，中產以上階級的子弟，作業太多，並非來自公立學校，而是來自補習班或才藝班。但是對貧窮家庭子弟來說，如果沒有作業，就更沒有機會複習功課，造成貧富之間的學力落差更大。

對貧窮家庭來說，作業是家長與學校保持聯繫、了解孩子學習進度的重要手段，就算只有一點點作業，也比沒有好。而在K及小學低年級階段，需要親師合作，讓孩子養成讀寫習慣，所以老師藉由設計**需要家長參與的作業**，敦促家長關注孩子的學習。

在孩子剛踏入學校教育的這個階段，家長的參與，跟學前時期一樣重要。很多家長似乎以為只要把孩子送進學校，家庭教育就告一段落，從小養成的親子共讀習慣也跟著荒廢，實在非常可惜。

調查顯示，七成美國小學教師認為家長不夠積極參與孩子的讀寫教育。

美國獨立教育及科技研究機構學習時代（Age of Learning），在二〇一八年針對全美家有兩歲到十二歲孩子的家長、以及從幼兒園到六年級的老師進行大規模普查，發現教師及家長對於小學生讀寫教育的認識頗有落差。

調查顯示：高達三成教師指出，學生讀寫程度未達年級標準，但只有九％的家長認為自己的孩子未達標準。更有三分之二家長表示「不清楚孩子的閱讀與寫作程度，但覺得應該沒問題」。家長對讀寫教育的缺乏認識，使讀寫教育難以延伸到課堂外。

美國出生世代縱貫研究（Early Childhood Longitudinal Study, Birth Cohort, ECLS-B）二〇一八年統計，美國有九八％的家庭，家長每週會與孩子共讀至少一次，而天天與孩子共讀的家庭，比例為三七％。

「臺灣幼兒發展調查資料庫建置計畫」二〇一八年研究發現，臺灣三歲幼兒家庭中，約十四％的家長並未開始與孩子共讀，每週共讀少於一次的比例為十八％，兩者合計約三二％，表示臺灣近三分之一的家長完全沒有或幾乎沒有與孩子共讀。每天與孩子共讀至少一次的家長只有十七％。

美國親子共讀的比例遠高於臺灣，但美國小學低年級教師普遍認為「還不夠」。多數小學低年級教師期望學生每天放學後，**至少可以進行十五分鐘的自由閱讀**，但調查顯示，多數小學生沒有達到這個期望。少數（約一成）來自美國偏鄉地區的教師表示，這主要是由於學校地處偏遠，學校沒有圖書館。但多數（約五成）教師認為，這是由於家長不夠關心讀寫教育，課後沒有陪著孩子一起閱讀。

給家長簡單可行的建議

讀寫是最基礎的學習技能，當讀寫教育無法落實，將造成全面的學習障礙。「學習時代」綜合針對教師的調查結果，對家長提出幾個簡單可行的建議：

- 定期帶孩子上公立圖書館。
- 在家裡做一面「字牆」來練習生字。

• 尋求免費的圖書資源。

一位不願具名的小學老師說：「很多家長抱怨書很貴，不想花錢買書給孩子看。這實在令人失望。這是美國，公立圖書館普及，到處都有漂書站，又有很多免費送書的機構，只要有心，不花一毛錢就有讀不完的書。」

她說：「我想懇求家長，好好的坐下來陪小孩看書，一天十五分鐘就夠了。現在很多家長不願意安排時間幫孩子看功課，抱怨作業太多，我們減少作業，家長又不陪孩子共讀，完全不了解孩子的學習狀況，孩子上了三年級，卻沒有能力自己讀完一本一年級程度的書，到底誰該著急呢？」

親師合作的益處多多。對於家長來說，可以好好參與孩子的學習；對於老師來說，可以更專注教學而不必太費神處理學生的其他需求；對於學生來說，可以提升學習動機與學業成就。而在K至二年級的起步階段，親師合作對於推動讀寫教育，絕對是必要的。

美國教師聯誼會（American Federation of Teachers）指出，有效溝通，是推動親師合作的基礎，並提出有效的親師溝通應該具備五項條件：

- **好的開始**：專家指出，親師溝通，由教師這一方採取主動，更為恰當有效，因此建議教師在每學年開始前、取得分班名單時，立刻與家長聯繫。聯繫的方法很多，可以是一通禮貌性的電話，或是一封自我介紹的電子信，讓家長認識老師，有利未來建立關係。
- **具時效性**：當發現孩子有學習困難時，大人之間應該立刻溝通，尋求解決方案。不要以觀察之名行拖延之實，這樣可能讓問題變大。
- **頻率適中**：調查顯示，孩子的學習進度，是多數家長關心的，家長喜歡頻繁、持續得到來自老師在這方面的反饋。
- **持續追蹤**：教師與家長彼此都應該認真看待每一次的會面與對話，對於協助孩子學習的策略，應該說到做到。
- **清楚實用**：如何幫助子女學習，家長需要相關的資訊，教師應該提供這方面的訊息，且該訊息應該實用，不要讓家長有「做不到」的感覺。

以上五個原則的應用方式很多。美國公立學校教師，在學年開始前，先致電或去信，向家長自我介紹，已成慣例。親師會、家庭訪問、發行班報，都是常見的做法。隨著社會變遷，建立暢通的親師合作管道，變成複雜的任務，家庭的型態愈來愈多元，很難找到一種適合每一個家庭的溝通方式。美國教師聯誼會鼓勵教師先了解自己班上的家庭，再從常見的策略中去考慮合適的方式。

小學低年級階段，還有一個簡單但教師公認相當有效的做法，就是在學年開始時，與家長簽訂一紙「合約」，內容通常像這樣：

「我，〇〇〇（家長名字），是〇〇〇（孩子名字）的家長（爸爸／媽媽／其他關係人），我將擔任〇〇〇（孩子名字）本學年的作業小幫手，成為〇〇〇老師的合夥人，一起幫助〇〇〇（孩子名字）學習。我決心每天安排固定的十五分鐘與〇〇〇（孩子名字）共讀，以及固定的十分鐘與〇〇〇（孩子名字）一起完成作業。如果我遇到任何問題，我可以隨時透過下列管道（電話、電子信、電子聯絡簿）跟老師聯絡，我知道老師是我的搭檔，隨時樂意幫助我的孩子。我並歡迎老師透過下列管道（家長自行填寫喜歡的聯絡方式）與我聯繫。

（以下簽名）〇〇〇

這個策略是一種「思想準備」，巧妙的讓家長和教師站在同一陣線，而且給家長一種「任務意識」，了解不是把孩子送進小學，家庭教育的責任就卸下了。多數教師都非常用心的推動親師合作，但家長的反應不一。有很冷淡的家長，也有非常熱心的家長，不但積極配合教學，還志願到校擔任志工，有些小學家長甚至集合起來，自主立案成立基金會，籌款為學校添購設備、訂閱兒童雜誌。

“如果你把那些閱讀有困難的孩子放著不管，他們在學校裡各個科目都會遇到可怕的困難。我們用閱讀來改變他們的腦迴路，從實驗看來，單純的閱讀練習，就能提升學力。”

CHAPTER 3

【三～五年級】讀寫力關鍵年

西洋情人節這天，在華盛頓州的一所小學，伊莎貝爾和安琪兩個四年級女生合寫了一個應景的故事，興沖沖的拿給指導老師看。指導她們的，是受邀到該校主持寫作工作坊的普吉海灣大學（University of Puget Sound）教育系教授弗雷德．哈梅爾（Fred L. Hamel）教授。哈梅爾通常讓寫完草稿的學生們先分組討論、從同儕處得到回饋，覺得作品已接近完善，再跟老師討論。

兩個女生得意的說：「我們已經給其他同學看過了。」「大家都給我們打五分（最高分）。」

哈梅爾請這兩個女生坐下來，大聲把這個故事讀出來。故事大致是這樣：一個女生寫了一張情人節卡片給她暗戀的男生，但是這張情人卡在傳送的過程中出了差錯，拿到情人卡的男孩，以為卡片是全校最受歡迎的女生寫的，興奮不已。女主角很難過，因為這當然不是她希望的。但是，這個故事最後有個圓滿的結局：男主角最後弄清了誤會，來到女主角家，送她一朵花。

看完這個故事，哈梅爾斟酌著要怎麼給兩個女生建議：這是一個結構完整的好故事，但仍有改進空間，因為峰迴路轉的情節是這個故事的優點，但是情節轉折得太快，缺少細節，讓閱讀樂趣大打折扣。哈梅爾認為情節可以更豐富、更緊張，也可以加入一些更細膩的描寫，而且他也了解這兩個女生有能力做這樣的改寫。

哈梅爾提出自己的看法後，兩個女生卻癟嘴表示不想改寫。改寫很花時間，而伊莎貝爾和安琪急於在當天發表作品，因為當天就是情人節，如果拖到下星期再發表，這個發表的樂趣就會大打折扣。

哈梅爾明白了她們的心思，經過討論，他讓兩個女生修正一些拼字及文法上的小錯誤後，在當天發表這個故事。但也跟她們約定，之後要更進一步的補充與改寫。

哈梅爾說：「她們想要得到我的肯定；更重要的，她們想要我感受她們的熱情。」如果不能在情人節當天發表這個故事，那麼寫作的樂趣就大打折扣，就算最後發表的故事更完美，她們恐怕不能這麼興致高昂的發表她們的作品。所以，哈梅爾同意讓她們發表一個稍有瑕疵的作品，讓她們繼續保持對寫作的熱情：「相信下一次，她們會寫出更高潮迭起、引人入勝的作品。」

最後，這兩個女生在當天向全班念出她們的故事，引起熱烈討論。情竇初開的暗戀、具戲劇張力的誤會情節，對小學四年級的孩子來說，已經是非常豐富的題材。哈梅爾說：「最後的結果令我很滿意。這兩個女生也從班上同學的討論中得到許多改寫的靈感。」

讓學生想寫作　進而愛寫作

哈梅爾努力保護的，是學生的 literacy desiring，這是一個近年來逐漸普及的非傳統讀寫教學術語，姑且稱為「讀寫欲」。這是奧爾森於二〇〇九年提出、教育理論家古茲肖．如克爾（T. Gutshall Rucker）等人在近幾年發揚光大的一個名詞，指的是人在當下被一個概念吸引或啟發，而產生想要創作、完成一段完整文字的一股動力。小學中高年級是發展讀寫力的關鍵階段，這個年紀的「寫作欲」，就像星星火苗一般，需要小心照顧，才會愈燒愈旺。

相較於「寫作技巧」、「寫作能力」、「寫作歷程」、「寫作成果」，這群教育家主張，在那個當下，學生那種想寫作的欲望更重要。當學生有想要寫作的欲望，可以暫時不去討論教學法或評量法，取而代之的，應該把焦點放在學生想寫的動機上。

「他們用什麼樣的方式寫作、寫什麼樣的體裁都好，讓他們給我們驚喜，不論他們產生的成果是什麼，就算是半成品也好。」[1]哈梅爾指出，引導中高年級的孩子成為優秀寫作者，關鍵是「相信每一個學生都能成為獨立的作家」。他在《寫作工作坊的選擇與經營》[2]書中，分享自己為小學中高年級生設計寫作工作坊的經驗：「我大多數的時間，都花在跟學生討論，傾聽他們對自己寫作的目

---

1 卡布（C.R. Kuby）及如克爾（T. G. Rucker）：*Go be a Writer!*，暫譯《當個作家！》紐約：師範學院。二〇一六年四月。

2 弗雷德·哈梅爾（Fred L. Hamel）：*Choice and Agency in the Writing Workshops: Developing Engaged* Writers, Grades 4-6，暫譯《寫作工作坊的選擇與經營：培養四到六年級學生為引人入勝的作家》，加州柏克萊：美國國家寫作計畫出版，二〇一七年三月。

標，指導他們如何達成目標。」

他說，學生經常會主動要求跟老師討論。四年級的學生開始有自己的想法，但仍然仰賴老師指導。正因如此，討論自然而然就會發生。哈梅爾通常先讓學生分組討論，從同儕得到回饋，再個別跟老師討論。工作坊進行時，想跟老師討論的學生，就把自己的名字寫在白板上「排隊」。這張等候名單一下子就會變得很長。有些學生只需要老師肯定他們的主題選得不錯，有些學生需要一點簡單的建議，有些學生需要腦力激盪想出新點子。視學生的需要，每次討論的時間，可能只有短短幾秒鐘，也可能長達十幾分鐘。

不論是什麼樣的討論，哈梅爾強調，老師一定要先聽聽孩子怎麼說、怎麼做。「我發現，在討論時，我很容易用我自己的考量，排擠掉學生的想法。很多時候，我觀察到小學教師會犯下跟我同樣的錯誤。」他提醒教師，隨時練習在自己的想法跟學生的想法之間找出共鳴。

教育學者也是暢銷書作家露西・卡爾金斯（Lucy Calkins）主張，跟學生討論寫作時，最重要的一個步驟是「決定要接受或是要修改學生的寫作大綱與計畫」。哈梅爾認為，這個「決定」是最複雜的，需要很多的討論與思考。

教師也需要多練習，才會成為好的聆聽者。聆聽時，難免被自己的期待所影響。教師可能期待看到學生的作品呈現出某種特定的成果，也可能受到標準課綱影響，這些因素都讓教師難以接受學生的原創想法。早期兒童教育學家雷斯洛特．奧爾森（Liselott M. Olsson）指出，成人往往對兒童有一種既定的想法，認為「這年紀的孩子就是應該如何如何」。教育者腦海中有既定的教學目標，有既成的假設，有很多關於兒童階段性發展的知識。這當然很好，但是當學生朝向不符合期待的方向發展時，便難免以為一定有什麼地方出錯。

為了跳脫這種思維窠臼，哈梅爾鼓勵教師，把注意力集中在讀寫的動機、思想的流動，以及學生作品帶來哪些驚喜。先理解學生如何用文字來展現他們的生命力、他們的情緒，然後再指導他們如何用更好的寫作技巧來呈現他們想展現的。范德比大學教育系教授凱文．萊安德（Kevin Leander）、賓州州立大學教育學院教授蓋爾．博爾特（Gail Bolt）兩位學者，在二〇一二年合作發表的論文《重讀多元文本教育學》[3]，便是從這個觀點進行探討，強調寫作時的情感強度（affective intensities）很重要，寫作重心在於把情感、情緒、想法形諸紙張。這種非傳統的觀點，提醒教學者應該更重視學生寫作動機，以及引發動機的情感，並指導他們維持這個情感，把靈光一現的火花變成完整的作品。

奧爾森說，文學是人類情感的鏡子，每個人，不論大人、小孩，內在一定都有讀寫的熱情，每個學生也一定有自己想寫的東西，只是可能還不知道自己想寫什麼。教師的任務，是理解學生的熱情所在，引導他們把熱情用文字表現出來。寫作教學一定要依附既有的動機，教師一定要學習跟著學生的動機走，盡量去了解學生遇到怎樣的問題，而不是用成人要說的話去取代孩子要說的話。教師固然要教寫作技巧，但是寫作技巧無法單獨教授，而要與學生的寫作興趣、寫作目標、寫作行為、寫作題材相結合。

練習寫作，就是練習表達力。兒童從學齡前開始，就可以練習把自己的想法形諸紙張，也許只是塗鴉、符號、半寫半畫；到了小學三四年級，可以逐漸成為比較成熟的小作家，漸漸產生屬於自己的寫作動機，發展出自己的寫作風格，創造吸引人的作品。

美國學界普遍認為，小學三年級是讀寫能力的**重要起始點**（benchmark year）。只要有扎實的閱讀基礎，動機已經建立，文法再求精進，按部就班，小學三到五年級的孩子，在讀寫方面，可以有令人驚喜的表現。相反的，如果到了小學三年級還無法自主閱讀，那麼他的讀寫力有可能從此落後同儕。

閱讀障礙，是教育的大敵。相關研究顯示，缺乏讀寫素養的人，失業、健康出問題、涉入暴力犯罪的機率，是一般人的六倍。

有十三年教學經驗的北卡羅來納州W．J．葛格努斯小學（W. J. Gurganus Elementary School）三年級教師愛什麗．阿利西亞（Ashely Alicea）指出，美國公立小學三年級生的讀寫程度落差很大，有些學生已經達到七年級程度，有些學生卻只

3　萊安得（K. Leander）及博爾特（Bolt）：*Reading "A Pedagogy of Multiliteracies"*，暫譯〈重讀多元文本教育學〉。讀寫能力研究期刊。二〇一二年十二月。

有一年級程度。

因此，美國公立學校對於這個年段的學生，一方面全力培養他們獨立寫作的能力，一方面也為讀寫程度落後的學生祭出各種策略，務必在小學三年級結束前，挽救他們的讀寫力。

有聲書、播客 是閱讀好幫手

近年來，一線教師在教學現場大量運用各種教學工具，幫助學生克服閱讀障礙，例如有聲書和播客，就是普受小學中高年級教師歡迎的工具。

阿利西亞曾經有一個學生，剛升上三年級時，每次被點到朗讀課文，總是結結巴巴、語氣生硬，好像機器人似的，有時甚至還沒念完，就放下書本耍賴道：「老師，這段很無聊，我不想念。」

阿利西亞決定要引導這孩子克服障礙，於是每次上新課文之前，她都特地先為這孩子準備有聲書，陪他一起聽一遍，再讓他帶回家聽，並鼓勵他跟著旁白一起念。不久，這孩子開始有了進步。下學期開學時，這孩子竟然主動來到阿利西亞的辦公桌前，要求念一段課文給她聽。當這孩子流暢的念完一段課文時，阿利西亞感動極了！「他念得好極了，真的，幾乎像電視主播一樣。這就是我教學工作上最大的獎勵。」

阿利西亞喜愛有聲書，早在十年前就開始用來輔助教學，在家裡也會播放有聲書給女兒聽。她觀察到，有聲書能從很多方面幫助有閱讀困難的孩子：「這等於為他們打開了另一扇閱讀的大門。」

她鼓勵孩子聽有聲書時，在腦海裡描繪書中的畫面，就像在大腦裡拍一部電影那樣，把所有聽到的文字具象化；或者一邊聽書、一邊拿紙筆塗鴉，畫下腦海中所想像的、書中的畫面。就算有一兩個字聽不懂，也不妨礙理解整段文本。透過這樣的練習，幫助有閱讀困難的孩子越過「必須認識每一個字」的障礙。不用去擔心拼字問題，這些孩子很快就能理解書裡的故事，也會愛上書中的角色與情節，並能順利加入課堂討論，提高了閱讀興趣。用有聲書熟悉故事以後，很多學生會主動閱讀紙本書。有聲書讓這些有閱讀困難的小讀者，用聽的方式先熟悉內容。

對於能夠順利閱讀的學生，有聲書也能幫他們創造新的閱讀體驗。「每年開學時，我都問每一個孩子，喜歡哪一類的書，不喜歡哪一類的書。」她說，每年都會碰到一些「閱讀偏食」的孩子，堅持自己不看某一類的書。這時候，她只會笑笑：「等著看，你一定會改變心意的。」

在閱讀課時，她讓學生自由挑選喜歡的書類來「讀」。然後，利用有聲書，把孩子不喜歡的書類介紹給他們「聽」。她解釋：「有些孩子喜歡看童話，不喜歡科普類的書，覺得很艱澀。利用有聲書，先聽再讀，他們就比較能接受了。」有時候，她會放一段有聲書，邀請學生一起念，模仿旁白的語速、音調、口氣。「跟著專業旁白抑揚頓挫的音調一起讀，引導孩子融入書中的情節。」

阿利西亞是北卡羅萊納州績優教師。她任教的班級，過去五年來，沒有一個學生在三年級結束時，未達年級閱讀標準。

來自北加州奧爾巴尼的圖書教師瑪麗・安・舒爾（Mary Ann Scheuer）也是有

聲書的愛用者。她一直記得一個三年級的男孩。這孩子的閱讀能力落後同學很多，在閱讀課時總跟不上進度。當全班同學安安靜靜坐著讀《恐怖的哈利》（*Horrible Harry*）時，這孩子卻站起來亂走，自己扮演「恐怖的哈利」。三年級的孩子，應該至少能安靜坐著閱讀三十分鐘。這孩子卻坐不到五分鐘就躁動起來，經常對書本表現出厭煩不耐的態度。導師向舒爾求助，舒爾推薦這孩子聽《恐怖的哈利》有聲書。先聽一遍，再和班上同學一起坐下來讀一遍。舒爾還記得，男孩說：「聽過一遍以後，我自己再讀就容易多了！」舒爾說：「有聲書改變了這孩子的閱讀體驗。」

這個例子提醒我們，語文的聽、說、讀、寫是相關的。借助「聽」，可以改善「讀」和「寫」。一九九五年美國有一個很重要的研究「哈特與雷斯利研究」（Hart and Resley Study），學者貝蒂・哈特（Betty Hart）與陶德・雷斯利（Todd Resley）發現，**三歲以前聽到的字彙數，決定入學以後的閱讀力**。史丹佛大學研究[4]更指出，**孩子的閱讀能力，在十八個大月時就已分出高下，就是嬰兒期聽到的字彙數影響所致**。西北大學教授妮娜・克勞斯（Nina Kraus）長期研究大腦處理聲音的過程，發現從家庭收入水平到母親教育水平等因素，都會影響孩子大腦接收聲音的能力，並進一步影響入學後的閱讀力和寫作力。

雖然這些研究對象是嬰兒，但很多教師也觀察到，若是讓年齡較大的孩子處在大量口說的環境下，他們的閱讀力也會進步。近年，舒爾將有聲書應用在教室裡，幫助有閱讀障礙的孩子。讀書時，讀者必須解碼每一個字；聽書時，聽者卻只需要透過聲音就能與書本產生連結。「有聲書讓聽者透過旁白的聲音，與故事產生情感上的連結。」舒爾說，對於閱讀困難的孩子來說，有聲書讓他們更有意願繼續聽下去。對於沒有機會接觸大量字彙的弱勢學生而言，好的有聲書，可以增進他們的字彙。對於字彙量較多的優勢學生而言，有聲書也可以拓展他們的語文應用，並且引導他們接觸更複雜的故事。

舒爾自己的女兒就讀八年級，患有注意力缺失症（ADD），很難好好看完一本書。舒爾用有聲書搭配寫作練習來幫助女兒，做法是讓她聽有聲書，聽的同時，在筆記本上隨意寫下當下的感想。舒爾說，這對於幫助女兒集中注意力很有用。用這種方式，舒爾的女兒「讀」完了一大本《賈伯斯傳》。

美國有聲書平臺「故事帶著走」（Tales2Go）的創辦人威廉・威爾（William Weil）說，孩子再小，都適合聽有聲書，就算他們平常經常有機會與成人對話，但是聽有聲書的好處是：可以用輕鬆的方式，熟悉複雜的文句，而且有聲書有文本（書籍）為依據，文法正確，不像日常對話那樣隨意。「有聲書療法」應用方便，教師不用卡帶、CD，只要在平板或手機上下載有聲書應用程式，就能輕鬆把好幾本有聲書帶進教室裡。

善用教材　新住民加速融入課堂

公立學校推動閱讀教育，除了需要幫助一些孩子跨越閱讀障礙，另一大挑戰是，美國是一個多族裔國家，很多學生的母語並非英語，這些學生被稱為「英語學習生」（English Learner，EL）。

4　安・福納爾德（Anne Fernald）等：*SES Differences in Language Processing Skill and Vocabulary are Evident at 18 Months*，暫譯〈社經地位造成語言處理及詞彙技能的差異，在十八個月時已明顯浮現〉，發展科學期刊，二〇一二年十二月。

以加州公園村小學（Park Village Elementary School）為例，二〇一七學年全校共有六百多個學生，其中近兩成是英語學習生。但二〇一七年「加州學生表現與進步評估」（California Assessment of Student Performance and Progress, CAASPP）結果顯示，該校超過六〇％的學生，語文讀寫程度都達到四級分（最高分），只有不到五％的學生低於一級分。自二〇〇一年起，該校多次被選為加州傑出小學，顯示學校教學有一套，幫助學生克服了母語不是英語的難題。

過去，美國公立學校多半為「英語學習生」設計專屬的教材。但後來有研究發現，幫助「英語學習生」，其實不需要另外設計專屬教材，而是設法幫助他們熟悉通用教材，效果會更好。公園村小學給「英語學習生」使用的標準教材，就是通用教材的**精簡版**。內容基本上跟其他學生使用的教材是一樣的。這套精簡版教材，主要是幫「英語學習生」預習。

公園村小學「英語學習生學習計畫」負責人、五年級教師希瑟·巴特勒特（Heather Bartlett）有十五年教學經驗，她說明學校如何透過預習，幫助「英語學習生」漸漸跟上其他同學的程度。

上新課文之前，教師先跟「英語學習生」坐下來，用精簡版教材預習單字，大致了解課文的故事內容，並且進行討論。教師會在手冊上記錄哪位學生只需要一點點幫助、哪位學生需要多一些幫助、哪位學生需要很多幫助。巴特勒特解釋：「需要很多幫助的學生，通常是新移民，他們程度最落後，但往往進步也最快。小孩子適應力很強的。」

上課時，「英語學習生」也加入課堂討論。而教師根據課前預習的紀錄，從旁給予適當指導。「這樣做，讓這些學生更有自信，相信自己的讀寫程度也能與以英語為母語的同學一樣好。」巴特勒特觀察到，過去使用特殊教材來輔導「英語學習生」，等於把這些學生貼上標籤，他們就算讀寫程度已有很大進步，心理上始終覺得：「我的讀寫程度不如家裡講英文的那些同學好。」班上同學也容易覺得：「這些同學的英文沒有我們好。」有些孩子在跟「英語學習生」講話時，會特意放慢速度，或是揀比較簡單的用詞。巴特勒特說：「這是一種善意的表現，但是不利學習。」用精簡版的普通教材，讓新住民學生更快融入課堂，學習效果更好。

用來幫助「英語學習生」的策略，也可以用來幫助一般程度落後的學生。

在巴特勒特多年的教學經驗中，每個班級總有幾個學生有讀寫障礙。「這些學生並非不能學習，而是需要個人化的學習！」有時候，她知道某些同學需要額外的幫助，便在課前先為這些學生預習，讓他們知道課堂討論的內容，並預做準備。讓學生有機會先了解接下來的課堂內容，避免落後，也讓他們有機會先想想自己到時候可以如何參與課堂討論。

有時候，她發現某些學生在課堂上明顯落後、無法加入討論，便隨機進行課堂分組討論，讓這些跟不上的學生跟老師一組，在小組討論中，由老師做一個簡短的課文摘要，然後問問學生有哪些不懂的地方。有些孩子閱讀沒問題，但是寫作有困難，巴特勒特會用圖示的方式，教這些孩子分析一篇文章的內容：這個故事是如何展開？如何發展？如何結局？看完開頭以後，你可以預測接下來的發展嗎？你可以模仿這種方式，寫一個自己的故事嗎？巴特勒特說：「這很像用數學公式來分析文章，我不鼓勵寫作套用公式，但這個方式可以幫助寫作有困難的學生釐清思緒，然後練習把自己的想法變成文章。」

運用多元策略　化解程度落差

個人化學習，可以幫助有困難的學生克服障礙，同樣也可以幫助有天賦的學生得到發揮。巴特勒特班上也有幾個資賦優異生（Gifted and Taleted Education，GATE）。這些孩子學得很快，不需重複練習就能掌握新的概念。對於這些學生，巴特勒特要求他們也跟其他同學一起完成課堂練習。之後在分組討論時，巴特勒特讓這些學生組成小組，給他們比較複雜的文本，包括更高水平的單字和更難理解的內容，讓他們閱讀並討論。通常他們都可以順利的自己討論，巴特勒特只要在一邊稍加指導。在寫作練習上，巴特勒特也經常用複雜的問題挑戰這些學生，例如：

- 「在這個概念上，你覺得你舉的這個例子夠好嗎？能不能想到更有力的例子？」
- 「有沒有更好的比喻？」
- 練習推理、比較不同的文本，例如：「讀讀這篇文章，從風格上猜猜這是哪個名作家寫的？」

- 「這個作文題目，你覺得托爾金會怎麼寫？凱薩琳．彼得森又會怎麼寫？」
- 「給你三個（或四個、或五個）設定，讓你寫一個故事。你覺得這會發展成喜劇還是悲劇？你要怎麼寫？」

巴特勒的教學實例說明，美國公立小學確實存在讀寫落差問題。但是靠著具備高度熱誠的一線教師鍥而不捨，運用多元策略，成功幫助有讀寫障礙的學生，同時栽培資賦優異的學生。

過程中，師生最需要的是什麼呢？阿利西亞與巴特勒特兩位老師都說：「教師和學生，最需要家長的支持。」

在美國，五年級以前，除了體育和音樂以外，教師仍然是不分科的，因此，這個階段的寫作教育實際操作者，是級任教師（班主任）或圖書教師。級任老師負責教英文、數學、社會（科學則另有實驗課，有的學校會特聘科學教師，有的學校則否），這對於進行跨科際寫作練習，提供了操作便利性，因此，跨科際寫作是非常普遍的做法，任何科目都可以用寫作來進行教學。同時因為美國教育界對讀寫的重視，**小學成績單的語文成績，分為「閱讀」與「寫作」兩個科目計分**。另外三個主要科目則是數學、社會、科學。

多數教師都認為，在小學三到五年級這個階段，家長仍應持續參與孩子的讀寫教育，並且支持老師的教學。

literacy desiring，這是一個近年來逐漸普及的非傳統讀寫教學術語，姑且稱為「讀寫欲」。指的是人在當下被一個概念吸引或啟發，而產生想要創作、完成一段完整文字的一股動力。小學中高年級是發展讀寫力的關鍵階段，這個年紀的「寫作欲」，就像星星火苗一般，需要小心照顧，才會愈燒愈旺。

CHAPTER

4

【六～八年級】好用的「六面向寫作教學法」

每年有四百萬美國青少年進入中學（六到八年級），開始面對排山倒海來自課業、人際關係的種種壓力與不安。他們需要學會處理這些壓力與不安，才能樂在學習與生活。

研究顯示，「讀寫練習」是青少年自學抗壓的關鍵。

本章分為兩部分，第一部分談的寫作練習，不是為了寫好考試作文，而是它對人生的另一作用——對抗憂鬱。第二部分則將探討中學階段如何持續提升讀寫力。

為什麼需要正視青少年焦慮與憂鬱問題？臺灣衛福部二〇一八年統計，自殺是十二至十七歲青少年的第三大死因。美國疾管局二〇一七年報告指出，自二〇〇五年至二〇一五年，美國少女自殺率翻倍，少男自殺率上升三〇%，皆創下歷史新高。

寫作不為考試　而是救自己

青少年經常被視為比較脆弱、缺乏挫折忍受力，或是被寵愛過度的「草莓族」。但是美國研究發現，焦慮和憂鬱的中學生人數，自二〇一二年起穩定成長，且不分家庭背景，沒有城鄉差距。可見青少年憂鬱的成因非常複雜，不是單純的「被寵壞」。

當孩子出現焦慮、憂鬱的症狀時，很多家長可能會想：「小孩子嘛，他們自己會好的。」但是兒少心理學家、《幫助危機中的孩子》（暫譯，*Helping Kids in Crisis*）作者法迪・哈達德（Fadi Haddad）醫師告訴大眾，不是這樣的。「沒有師長引導，青少年憂鬱症是不會自行好轉的。」

近年來，青少年憂鬱問題在美國社會引起廣泛重視，並有大量相關研究。中學階段，是師長介入、引導少年避開憂鬱陷阱的最好時機。原因有二：第一、壓力問題最常發生在剛升上中學的青少年身上。美國疾管局二〇一五年報告指出，六到十年級，至少十一％的學生曾因壓力過大引發憂鬱症狀，為各年齡層之最。

第二、統計指出，約兩成美國成人患有焦慮症或憂鬱症，其中過半患者的症狀在十四歲以前出現。研究表明，焦慮及憂鬱症，根植於前少年期。

青少年焦慮、憂鬱、自殺頻傳，有些家長因而認為應該保護孩子免受壓力。洛杉磯坎伯霍爾完全中學（Campbell Hall School）全人發展及家長教育主任莎拉・胡斯（Sarah Huss）就觀察到：「最近五年來，愈來愈多家長覺得壓力有害，主張不能讓孩子承受壓力。」

但是，胡斯指出，這種教養哲學，反而對家長形成壓力，而且讓孩子對壓力本身感到壓力。雖然長期的、創傷性的壓力會毒害心靈，但暫時性的、多樣化的壓力，例如準備考試或報告，不但正常，而且是養成健康心理不可或缺的。

心理學家、《少女心事解碼》一書作者麗莎・達摩兒（Lisa Dimour）博士也指出，我們應該調整我們對壓力的觀念，欣賞壓力的正面影響。儘管踏出舒適圈令人忐忑不安，成長與學習卻無法以任何其他方式發生。

達摩兒說：「每個人都知道，舉重時，舉起身體能承受的最大重量，是鍛鍊肌肉的唯一方法。鍛練頭腦也是一樣，必須練習困難的習題，並學習管理壓力。」

為了管理壓力，必須提升韌性。因為挑戰無處不在，韌性對於青少年的學校生活是否愉快、學習活動是否成功，至關重要。

好消息是：透過練習，青少年可以改變心態，學習有效的應對技巧，避開焦慮或抑鬱的陷阱。正向心態可以提升韌性，如果讓青少年相信人格可以改變，他們就能改變。

二〇一二年的一項研究顯示[1]，相信（或被教育）智能可以改變（而不是固定不變）的青少年，面對課業挑戰時，往往有更高的成就表現，並且能完成更多具有挑戰性的課程。也有研究顯示，相信（或被教育）社交技能可以改變、可以進步的青少年，在面對同儕霸凌或排斥時，比較不會產生毒性壓力，而可以妥為應

1 耶格爾（Yeager）、德維克（Dweck）：*Mindsets That Promote Resilience*，暫譯〈提升韌性的心態〉。教育心理期刊。二〇一二年六月。

對，避免學習活動受影響。這些研究都顯示，正確的引導，可以讓青少年的心態轉為正向。用「讀」與「寫」幫助青少年改變心態，是預防憂鬱的好方法。

二〇一四年的一個研究[2]取樣六百名有憂鬱症狀的中學生，透過簡單的閱讀及寫作練習，教導他們人格漸進理論——人的社交技巧及人際關係可以改變。九個月後再追蹤這六百名青少年，發現有從事閱讀及寫作活動的青少年，他們臨床憂鬱症狀平均水平降低了四〇％。對照組的青少年則沒有改善。

實驗的具體過程是這樣：開學第三週，教師向學生宣布有大學研究員要來做研究，請大家協助傳遞正面訊息給明年的新生。首先，研究員向學生說明，由於大家正在適應中學生活，所以最有資格提供建議給明年的新生。然後研究員向學生解釋關於「心態演變」的理論。接下來，發給每個學生一個信封。第一組學生的信封裡，有一篇關於「心態演變」的科學報告，以及關於寫作練習的指示，指導他們寫下自己的心態演變，以及如何應用在生活中。第二組學生的信封裡，也有那篇關於心態演變的科學報告，但是沒有關於寫作練習的指示。第三組學生的信封裡沒有文章，而是指示他們做靜心、繪畫、著色等其他被認為有助抗壓的練習。

這個實驗的重點，就是「讀」與「寫」。結果證明，讀寫練習可以提升青少年的自尊心，而且影響是長久的。雖然參加實驗的青少年只從事了短時間的讀寫練習，但是一年後追蹤，第一組青少年的憂鬱症狀仍然獲得有效控制，而第三組青少年的憂鬱症狀不減反增。

從以下幾篇青少年的作文，可以看出讀寫練習如何改變了他們的心態：

「在那（讀寫練習）之後，我很快的克服了（被老朋友中傷的狀況）。我知道他們有一天會改變，但我不知道那一天何時會到來。現在我會想，也許他們也正在經歷一段艱難的時期，他們也只是想讓自己好過一點。或者他們也被其他朋友暗箭所傷，他們也只是在宣洩他們的怒氣。我真的不知道，但現在我知道我可以交

2 繆（Miu）、耶格爾（Yeager）：*Preventing Symptoms of Depression by Teaching Adolescents That People Can Change*，暫譯〈教育青少年人格可改變以預防憂鬱症狀〉。美國心理科學會刊。二〇一四年九月。

新朋友。我也真的交到了新朋友，他們非常好！不要害怕交新朋友，他們可以改變你的想法。」

「隨著時間流逝，人都會改變。也許有人正在度過艱難的一天，或者經歷我不知道的事情。每個人都有乖戾、暴躁的時候。例如，有一次我正在跟朋友講話時，另一個朋友經過並且向我打招呼。我並不喜歡她，因為她曾經苛薄對待我最好的朋友，所以我故意不理她。（讀寫練習以後）我發現，也許我也傷害了別人。我想人難免會被周圍的人影響。我的建議是，如果別人不理你、忽視你，你可以找其他的朋友玩。你不必一天二十四小時、一週七天都跟同一個人在一起。」

「人都可以改變，而且新學期才剛開始。現在我知道，有些同學只是害羞，他們不知道如何與人攀談，並不是冷漠。」

從以上實例可見，透過讀寫練習，可以培養青少年的正向思維模式，提高他們面對環境的適應力。

練習用讀寫抗壓　人能改變

德州大學奧斯汀分校心理系助理教授大衛．耶格爾（David S. Yeager）同時參與了上述兩項實驗。他長期研究青少年壓力問題，是美國「幫助學生留在校園」運動的代表人物。近年來，他的研究興趣從大學青年轉向更年輕的中學生，希望幫助年輕人從青少年時期就提早學習韌性。

耶格爾博士最新參與的一項研究[3]，發表於二〇一六年，再次證明讀寫練習「驚人的有效」。研究團隊在學年開始時，讓學生參加一個讀寫練習計畫。而這個計畫的出發點，就是透過讀寫灌輸學生一個對抗壓力的基本觀念：**人都可以改變**。

研究員從學生的自我評估報告、線上日記、心搏測量、壓力荷爾蒙指數，來

3 耶格爾（Yeager）、李（Lee）、賈米森（Jamieson）：*How to Improve Adolescent Stress Responses*，暫譯〈如何促進青少年壓力應對〉。心理科學期刊。二〇一六年六月。

觀察讀寫練習對心理的影響。結果發現，與對照組相比，完成讀寫練習的學生，之後在學年中壓力程度比較低，在處理課業與人際問題時比較有自信，學期結束時成績也比較好。

研究團隊重複做這個實驗做了好幾次。一開始規模很小。第一次，他們以紐約羅徹斯特地區的六十幾個中學生為對象。第二次，他們以德州奧斯汀地區的兩百零五個中學生進行實驗。二〇一七年，研究團隊以全美二十五所中學的上千名學生為對象，重複以上實驗。每次實驗，都一再觀察到相同的現象：**透過讀寫，青少年可以自學抗壓**。

仔細閱讀研究報告就會發現，成人在過程中扮演的角色很小。青少年幾乎可以自主完成這整個學習過程。成長是苦澀的，課業或社會壓力的困擾是難以避免的。完成這個練習的青少年具備了抗壓的能力，可以應付壓力。

哈佛大學心理系教授約翰・韋茲（John R. Weisz）指出，當中學生遭遇了學習挫折，不表示他以後也會一直考不及格，他可以進步。韋茲說：「假設有個青少年，經歷了一些社交傷害，不表示他以後一直是人際霸凌的對象。他可以改變。隨著成長，其他人也會改變，也許會變得溫厚，不再那麼殘酷。青少年可以學習做出好的改變，就用讀寫來學習。」韋茲呼應耶格爾團隊的實驗：讀寫是一種有效、有力的抗壓方式。

耶格爾博士目前正與史丹佛大學的心態學習網（Mindset School Network）合作，計畫釋出完整的讀寫抗壓學習計畫，供全美中學師生免費使用。他透露，在校園裡推動這種讀寫抗壓計畫時，最大的挑戰不是執行計畫本身，而是「很多人不相信，這麼簡單的一個寫作活動，就可以讓學生學會抗壓」。

仔細研讀耶格爾博士的報告，可以看出，讀寫練習的確可以對學生心態造成奇妙的變化。天普大學心理系教授勞倫斯．斯坦伯格（Laurence Steinberg）長期研究青少年心理，他指出，近年來有很多討論，探討學校可以怎麼幫助學生改善社交及情緒技能。研究顯示：「如果孩子相信智力是固定的，他們就會覺得做什麼都沒用。但是如果可以改變他們的信念，相信智力是有可塑性的、可以進步的，他們就有動力去進步，他們的成績就會變好。」

耶格爾博士就是把這個觀念用在人格上。「讀寫不能直接改變人格，但是可以增強孩子的自信，改變他們的信念，相信自己有改變的能力。」

儘管就像耶格爾博士所說，「很多人不相信，這麼簡單的一個寫作練習，就可以讓學生學會抗壓」，然而，在教育界和心理學界，卻有很多專家相信「讀」與「寫」的力量、尤其是「寫」的力量。例如，紐約大學應用心裡研究員克洛伊．格林鮑姆（Chloe Greenbaum）就把讀寫練習帶進少年監獄，成為矯治少年受刑人的有力工具。

在美國，需要兒童福利機構或是少年獄政系統介入的兒少，有心理健康問題的比例十分驚人。研究顯示，高達八成由獄政或兒福介入的兒少，有程度不等的身心症狀[5]。

格林鮑姆說：「多數犯罪的少年都曾有創傷經驗，例如童年受虐，正是這些創傷提高了他們的犯罪率，但大家卻很少正視根本的原因。」也因此，儘管許多少年受刑人的心理健康亟需重視，但當前美國少年獄政卻缺乏一套針對創傷經驗、為少年受刑人設計的矯正計畫。

格林鮑姆大學時代曾經在獄中擔任志工，看到受刑人用寫作、戲劇來展演自己的人生，建立「我也是一個人，不只是一個罪犯」的自我認知，因此想到把寫作練習帶進少年監獄。她為少年受刑人設計了一套寫作計畫，名為「WRITE ON」，也就是「Writing and Reflecting on Identity To Empower Ourselves as Narrators」（意思是成為敘述者，寫作並反思自己的身分）。

格林鮑姆與紐約少年監獄合作，試行這個計畫，在這所監獄服刑的少年，都可以依自己的意願參加。計畫包括十二次寫作練習，分為六個主題：我的情緒、我的自述、我與他人的關係、過去的我、現在的我、未來的我。每次進行練習時，格林鮑姆與團隊成員先帶領參與課程的少年做一些與當天主題有關的、小小的破冰活動，然後讓他們針對當天的主題，進行寫作練習，最後以朗讀的方式分

---

5 克雷斯米恩（Krezmien）、馬爾卡西（Mulcahy）、利昂（Leone）：*Detained and committed youth: Examining differences in achievement, mental health needs, and special education status*，暫譯〈獄政中的少年：成就、心理健康需求、特殊教育狀況之初探〉。兒童教育與治療期刊。二〇〇八年十一月。

享作品。

格林鮑姆鼓勵他們進行自由寫作，但是很多少年都有學習障礙問題，在校學習成較差，其實並不能順利寫作。所以團隊也備有引導式寫作練習題，讓他們用「問答」方式來練習寫作。

「我們得到許多非常令人印象深刻、充滿情緒與張力的作品。」格林鮑姆指出，少年受刑人其實都還是孩子，他們心中充滿迷惘，仍然在探索自我的階段，有些人仍然想不清楚自己為什麼會做出讓自己被送進監獄的事。

例如，有一個男孩寫道，自己十四歲時，女朋友懷孕了，為了有錢讓女朋友進醫院生產，他犯下搶案，結果被送進少年監獄。「我沒有一天不後悔……我很想知道我的孩子後來怎麼了。」

還有一個女孩寫道，自己的人生就是一團糟，最早的記憶是五歲時，有一天警察跑來家裡，逮捕了爸爸、媽媽，接著社會局的社工也來了，把兄弟姊妹都帶走，並且分開安置。「直到今天我仍然不知道究竟發生了什麼事，我的父母究竟做了什麼？」

「很多文章的拼字文法都不正確，但當中的細節很有亮點……」格林鮑姆說：「很多孩子在坐下來寫下這些人生經歷以前，都沒有機會系統性的整理自己的想法。」

作品分享的過程也很有幫助，有些孩子寫作困難，但也能積極參與討論，給同儕中肯的建議。

在紐約少年監獄的第一次實驗，共有五十三名十二歲到十七歲的少年參加。格林鮑姆的團隊評估這些少年在寫作練習前與練習後的心理健康狀況，發現參加寫作計畫的少年，在自我形象與抗壓力方面有顯著提升。

目前紐約市已將少年獄政與兒福系統合流，非常有利於這套計畫的推動。紐約模式已經成為少年矯正系統的模範，美國許多大城市也醞釀跟進。由於在紐約少年監獄推動寫作計畫的成果很顯著，格林鮑姆的團隊大受鼓舞，也希望將這套方法推廣到全國各地。

「在做寫作練習時，我們都會特別向這些孩子強調，這裡不是學校，我們不會給你們的作文打分數，而是讓你們自由發揮。」格林鮑姆解釋，很多少年受刑人跟學校關係緊張，對於任何跟「學校」相似的環境都有反感，但是聽到「這裡不是學校、不打分數」以後，就比較釋懷，能夠敞開心胸寫下心中所想。

這些孩子對學校系統的反感讓人擔心，他們出獄以後，能夠重新跟學校、跟社會建立起好的關係嗎？格林鮑姆也沒有答案，但是她認為，她所做的努力，至少能夠在這段短短的時間裡，讓這些孩子習慣透過「寫作」抒發，未來不論遭遇怎樣的困境，他們都能夠拿起筆，用寫作來保護自己的心靈。

好用的「六面向寫作教學法」

教育專家透過讀寫，幫助誤入歧途的青少年學習抗壓；校園裡的中學教師，也在課堂上持續努力提升學生的讀寫力。中學生已經有能力自我提升閱讀力，但是在寫作力方面，仍有賴師長多方引導。

美國國家寫作計畫（National Writing Project）在二〇〇四年提出，可以從六個面向來引導學生寫作：主張、組織、聲音、用字、句法、規範。

- 主張（idea）：文章的中心思想是什麼？
- 組織（organization）：如何安排文章結構來表現主張？
- 聲音（voice）：讀者是誰？該用何種語氣來跟他們溝通，讓文章更生動？
- 用字（word choice）：要選用哪些文字來說話？
- 句法（sentence fluency）：檢查看看句子是否通順？
- 規範（convention）：拼字及文法是否正確？

這六個面向（6 traits）逐漸得到教育界支持，並衍生許多創新教學法和相關著作。

內華達州資深英文老師丹娜．哈里森（Dena Harrison）就是「六面向寫作教學法」的支持者。她是北內華達寫作計畫（Northern Nevada Writing Project）主持人，每年主辦數次兩到三小時的工作坊，指導各科教師運用「六面向寫作教學法」教學。她也編輯寫作教學法的資源手冊供教師參考。

除了在北內華達寫作計畫服務，哈里森也教授七年級和八年級的英文。她說：「六面向已經成為我們教室裡的術語，我的學生在寫作課的時候，都像專業作家似的彼此對話。我的目標是教他們有意識的去思考這六個面向，為高中課程、大學、甚至終生學習做好準備。」

哈里森教書超過三十年，她非常相信「六面向寫作教學法」是成功的：「我看到很多學生變成終身的寫作者。這都是『六面向寫作教學法』的功勞。」

她指出，要成功運用「六面向寫作教學法」教學，首先要把「六面向」用學生容易接受的方式介紹給他們。為了達成這個目標，她設計了許多課堂活動來輔助教學，都收錄在她於二〇〇六年編纂的《深入六面向語言指南》（暫譯，*Going Deep with 6 Trait Language Guide*）書中。

下面以課堂活動「好文章的比喻」為例，說明如何用生動的方式，把寫作的六個面向介紹給學生。

讓學生分成小組，繪製海報來說明他們如何比喻「好的寫作」，例如：

- **用人體比喻寫作**：大腦是**主張**，決定中心思想。骨骼是**組織**，強壯的骨骼把主張和其他細節連在一起。嘴巴是**聲音**，同樣的意思，用不同的聲音說出來，就有不同的感覺。手是遣詞**用字**，選擇有力的字詞，才好表現思想。肺部是**句法**，呼吸順暢講話才流利。腳是**規範**，撐起整篇文章。
- **用森林比喻寫作**：樹木是森林最主要的元素，就好比文章的**主張**。土壤決定樹木的生長，就好比文章的**組織**。小動物讓森林變得有趣，就好比文章的遣詞**用字**。鳥叫蟲鳴就是**聲音**。流水是**句法**。公園管理員是**規範**。

這個比喻活動，並沒有標準答案。以人體為例，也有學生認為心臟是主張、大腦是組織、肺部是聲音、血管是句法、髮型是規範。或者在森林的比喻裡，有學生覺得應該以花朵代表遣詞用字。只要讓學生熟悉這六個面向及其含義，課堂活動就成功了。

當學生了解這六個面向及彼此的關聯後，就可以分別從六個方面來進行指導。

六面向教學法的操作

一、主張的重要

主張的發想，決定文章的基礎，就像房屋的地基。如果學生有一個堅實的主張，他的文章就能發展得很有高度。可以從以下五個方面來引導學生檢視自己文章的中心思想是否穩固：

- 文章從頭到尾有一個集中的焦點，沒有偏離。
- 我對自己的主張很有信心。
- 敘事與論說並重。
- 舉的例子很具體，不空泛。
- 舉的例子與文章中心思想直接相關。

二、規範的意義

就像房屋的屋頂，規範是從一開始就決定的，但卻是最後才蓋上去的。可以鼓勵學生在文章完成以後，用以下四個原則，重新檢查一下文章的規範。

- 確定沒有錯字。
- 標點符號使用正確。
- 動詞時態正確（中文沒有這一項要求）。
- 大小寫正確（中文沒有這一項要求）。

三、作者的聲音

作者就是正在寫文章的學生，每一篇文章，都應該要能呈現作者的聲音。有時候適合用堅定的口吻，有時候可以用溫和的方式表現。成功的作者更能掌握自己的風格，讓讀者一看就知道這篇文章是某個作者寫的。可以指導學生朝這五個目標努力：

- 文章充滿作者的人格魅力。
- 用字自然不生硬。用適合自己年紀的語彙來表達，不要強行套用大人的名言錦句。
- 文句誠懇，有說服力。
- 努力透過文章與讀者交流聯繫。

- 我對這個題目的態度很明確，不模糊。

四、組織的安排

組織是一篇文章的結構。就好像每個房子都有一個大門，有走廊聯繫每個房間，還有一個合理的格局，一篇好文章也是如此。指導學生從這五方面檢視自己的文章組織安排是否合適。

- 開頭很有趣，讓讀者想看下去。
- 敘事或論述的順序符合邏輯。
- 轉場順暢不突兀。
- 整篇文章看起來很自然，沒有勉強套用寫作公式的痕跡。
- 結論符合論述，讓讀者滿意。

五、句法的流動

就好像晴朗的天空有白雲飄過，風雨欲來的天空則是布滿烏雲，巧妙的句子，可以幫助讀者感覺整篇文章的氛圍。有五個技巧，幫助學生創造更流暢的句子：

- 每個句子開頭各有變化，不要每句話都用「我如何如何……」來開場。
- 視需要活用短句和長句。
- 活用不同的連接詞。
- 利用比喻等修辭法，創造令人印象深刻的句子。
- 練習用押韻的字詞，創造令人朗朗上口的句子。

六、用字的選擇

同樣是陽光，有時候令我們覺得溫煦，有時候卻燠熱難耐。這就是用字的效果。選對用字，才能讓讀者精確的感受到作者的意思。可以指導學生從五個方面來選擇自己的用字：

- 選用恰當的形容詞。
- 用恰當的副詞來搭配動詞，但不是每個動詞都需要搭配副詞。注意平衡。
- 選用恰當的名詞，不要用太多代名詞。

・不要怕用新字。

・靈活描述顏色和材質。例如下面這個句子：「……山坡上座落著深綠色的暗影，海面上掀起孔雀綠的波濤，瓊麻葉是酒瓶綠的在葉緣處掃上一抹墨綠，香蕉葉是淺綠色的在葉稍處轉為斑斑嫩綠，大地籠罩在綠色的風暴中……[6]」如果全部用「綠色」來形容，這個句子就乏味多了。

以上是用六面向為原則，指導學生寫作的教學法。近年來，更有一群資深語文教師提出，除了這六個面向，還應該考慮文章**整體呈現**（presentation），因此發展為**「六＋1面向寫作教學法」**，也逐漸風行。

七、整體呈現

關於整體呈現，可以指導學生從以下幾個方面，來檢視自己的文章呈現是否賞心悅目：

・這篇文章讀起來很輕鬆。

・所有的字句都出現在恰當的地方。

• 字型大小適中。當學生作文以電腦打字取代手寫時，要避免通篇採用怪異字型、字體忽大忽小、顏色換來換去。

由於「六面向寫作教學法」在教育界被廣泛使用，針對「六面向寫作教學法」設計的作文評量標準，也發展得十分成熟。「美國國家寫作計畫」設計的六面向寫作評量標準，目前也被全美各中學大量採用。從一到六分，一分代表亟待加強，六分表示非常好（評量表，見附錄二）。

6 曾多聞：《微足以道》。慈濟出版部。二〇一一年五月。

讀寫不能直接改變人格，但是可以增強孩子的自信，改變他們的信念，相信自己有改變的能力。

CHAPTER

5

【九～十二年級】

衝刺寫作力，為入社會做準備

七月裡，紐約拿桑社區大學為高中生舉辦了為期一週的寫作營，由高中英文教師、長島寫作計畫講師梅雷迪絲．萬澤（Meredith Wanzer）主持。寫作營的目標，是幫助學生寫好大學入學申請信——在精簡的五百字內，學生要展現優勢但不顯自誇，要講述生動的個人故事又不流於情緒化，實在是一項不簡單的任務。

引導學生找到自己的聲音

萬澤採用「自由寫作」的方式引導學生，讓學生自由書寫，不打斷、不批評。課程一開始，她先讀一段《寫作課：一隻鳥接著一隻鳥就對了》（*Bird by Bird: Some Instructions on Writing and Life*）。這是名作家安．拉莫特（Anne Lamott）於一九九五年出版的經典之作。「當你停止喋喋不休的理性思維時，你就為靈感騰出了空間……理性把那些豐富多汁、令人著迷的想法都擠出去了。」萬澤讀著，學生聽著。

然後，萬澤請學生用幾分鐘的時間，寫下他們對拉莫特那段文章的回應。有些學生提筆就寫；有些學生卻托著下巴發呆，例如坐在角落的女生列瑟（Lyse）。她就讀於韋斯特伯里高中，暑假過後就要升十二年級了。她計畫申請紐約大學、哥倫比亞大學、紐約州立大學石溪分校，並且對於入學申請信已經有了一點想法：她覺得自己應該會寫些關於她們家於二〇一〇年海地世紀強震後移民來美的故事。但是她不知道從何寫起，也不太確定她想透過這個故事表達什麼。

萬澤在臺上讀道：「你腦海裡的聲音是什麼？」列瑟在臺下寫道：「我腦子裡什麼聲音也沒有。」

雖然是移民學生，但是列瑟的拼字與文法都很不錯。那麼，問題出在哪裡？

萬澤說，列瑟缺乏對作品的一種「擁有感」。就算碰上文法能力不好的學生，萬澤也不喜歡浪費太多時間糾正文法，因為那樣會讓學生覺得很無聊。「我希望盡量引導他們接觸高明的寫作，讓他們耳濡目染，漸漸領略寫作的技巧。」

在談「擁有感」前，不能不先談談高中階段的基礎寫作能力，也就是拼字與文法技能。根據美國國家教育進步評估委員會（National Assessment of Educational

Progress）二〇一七年調查，美國八到十二年級的學生，有四分之三不夠精通寫作。根據美國大學入學測驗（ACT）考試委員會統計，四〇%的美國高中生，寫不出令人滿意的大學入學申請信。

學生作文寫得很爛不是新聞，教育界擔心學生寫作能力也不是新聞。我在《美國讀寫教育改革教我們的六件事》書中，詳細介紹過美國寫作教育的改革史，從一八七四年哈佛大學新生作文測驗，到二〇一〇年共同核心標準（Common Core Standard）上路。目前全美超過三分之二的州，採用共同核心標準，要求學生學習三種文體：議論文、說明文、敘述文。共同核心標準把作文課的地位，提升為美國教育的重點課程。共同核心標準的意義，是要一改自二〇〇二年「沒有一個孩子落後」（No Child Left Behind）政策下重閱讀、輕寫作的傳統。

共同核心標準上路之後，寫作課在中小學校園裡的地位大幅提升，但是學生作文程度的進步狀況卻不夠顯著。很多大學新生的寫作程度仍然不如預期，向大學提出的申請信仍然需要大幅改進。

很多教育界人士認為，問題的根源是「沒有一個孩子落後」時代的沉痾，很多教師自己就不會寫作，也沒有信心能教好寫作。美國國家教師素質委員會（National Council on Teacher Quality）主席凱特・沃爾什（Kate Walsh）指出，該委員會分析來自全美高中的兩千四百份英文教案，發現在高中校園裡，能夠有系統的進行寫作教學的仍屬少數。

另一方面，密西根州立大學和亞利桑那州立大學於二〇一六年做了一項聯合研究，針對五百名來自全美各地的八年級英文教師取樣，發現只有不到一半的教師修過如何教寫作的實務課程，不到三分之一教師修過學生如何學習寫作的理論課程。因為沒有做好充分準備，所以只有五成五的教師自稱「很喜歡教寫作」。

共同領導該研究的密西根州立大學教育系副教授加里・特羅亞（Gary Troia）博士說：「大部分教師都很會讀書，他們在大學時代都是優秀的學生，多數都有碩士以上學位。但是如果你問他們喜不喜歡寫作，或是他們的寫作經驗如何，很多人都不夠自信。」

近年來，美國教育界在高中讀寫教育上致力克服的兩大困境，第一是尋找最好的教學法，第二是促進師資培力。

「過程導向」的寫作教學法

怎樣的教學法才是好的，這是一個各方爭論不休的問題。有一派主張「過程導向」寫作，就如上述列瑟的課程，強調腦力激盪、自由寫作、將個人經驗寫成日誌、同儕之間互相改寫等。這一派的追隨者認為，太注重文法或格式，會讓作者的個人聲音僵化，無法讓學生愛上寫作。

這一派的歷史，可以追溯至一九三〇年代，當時主張「過程導向」的教育工作者，開始將傳統注重拼字文法的課程設計，慢慢導向寫日記、書信、記錄個人心理活動等有趣的寫作活動。稍後在一九六〇到七〇年代，這種教學法搭上了民權運動的風潮，很多教師用這種教學法，鼓勵貧困的有色人種學生寫出自己的聲音，產生了很多好作品。很多教育專家認為，與其把焦點放在句型結構等文法問題，不如幫助學生找出靈感，描繪生活，體會文學。

「過程導向」寫作的巔峰年是一九七四年，這也是「美國國家寫作計畫」（National Writing Project）誕生的一年。「美國國家寫作計畫」是美國培育教師寫作力的前鋒機構，在全美有近兩百個支會，每年訓練超過十萬名教師。師培工作近年來更受重視，哥倫比亞大學師範學院讀寫教育計畫主任露西．卡爾金斯（Lucy Calkins）指出，共同核心標準上路，的確敲了美國教育界一記警鐘，提醒學校教育重視嚴謹寫作的重要性。但是在執行階段卻出了很大的問題，主要是師資培力跟不上。

在拿桑社區大學的青少年寫作營進行的同時，隔壁教室裡也有一群教師正在精進他們的寫作技能。青少年寫作營跟教師寫作坊，都是由「美國國家寫作計畫」分會之一的「長島寫作計畫」舉辦的。參加寫作坊的是一群英文科、社會科、數理科教師，任教年級從五年級到高中。有趣的是，教師工作坊跟青少年寫作營的課程竟然很像：首先由一位教師大聲朗讀美國詩人比利．柯林斯（Billy Collins）的詩作〈絲帶〉（*The Lanyard*），然後大家用自由寫作的方式，寫下他們對這首詩的回應。

〈絲帶〉是柯林斯的名作，幽默又帶點感傷，道出子女為回報母愛的竭盡全力，卻是徒勞無功，頗有「誰言寸草心、報得三春暉」之意：

這裡有活著的軀體，有跳動的心，
有強壯的雙腿，強健的骨骼和堅固的牙齒，
還有可以了解世界的清澈雙眸，她低語道。
我說，這是我在營地做的絲帶……

多數教師的反應都是立刻讚美這首詩，寫下自己對於母親的回憶，那些兼差維持生活的媽媽，無私照顧子女甚至孫子女的媽媽。都不是什麼嚴謹的文學評論，但這不重要。這個工作坊的主要目的，是讓教師有機會在暑假期間練習寫作、修改自己的作品、得到同儕的回饋，等到下學期開學時，他們就更有信心面對學生。

「長島寫作計畫」副主任凱瑟琳．索洛科夫斯基（Kathleen Sokolowski）本身也是英文教師，她回想自己高中的時候，每天的作文課就是練習文法習題。她覺得那樣的訓練非常愚蠢，對高中生的寫作能力根本沒有幫助。索洛科夫斯基對自己的寫作能力很有信心，但強調她的寫作技巧絕不是在高中學到的。

她說，高中生需要更高品質的寫作課程，幫助他們做好進入大學或步入社會的準備。練習文法習題根本沒有用。她常用的做法是，請學生挑一本喜歡的書，從中找一個結構複雜的句子，抄寫下來，帶到課堂上，與班上同學一起討論作者在句中應用了哪些文法，以及如何使用標點符號。在評量作文成績時，她也常提醒自己，不要只注意學生有沒有正確使用大小寫或標點符號，更重要的是去體會整篇文章的意旨：「有些作文雖然有點文法瑕疵，但整體而言卻是很美的一篇文章。」

索洛科夫斯基對於不要拘泥文法結構的主張，是很多教育專家都贊成的。事實上，研究顯示，加倍接受文法訓練的高中生，在學術水準測驗或大學入學考試的作文表現反而差。因此，美國很多英文教師現在都用教音樂的道理在教作文——就好比經過音感訓練的耳朵，聽到一個彈錯的音就可以辨認出來，經過寫作訓練的眼睛，看到一個文法錯誤的句子就會直覺「怪怪的」。要做到這一點，學生要大量閱讀，常常沈浸在優美的文章裡。問題是，如果學生家境貧困，或家裡沒幾本書，少有機會接觸優美的文章，又該怎麼辦呢？因此，「鍛鍊基本功」的寫作教學法，支持者也大有人在。

走向「脫離童年的寫作」

紐約一個名為「寫作革命」（Writing Revolution）的私人讀寫教育機構，創辦人朱迪絲．赫斯曼（Judith C. Hochman）博士就認為，應該要回歸基本的句型結構，教學生正確使用片語，修正標點符號的錯誤，練習運用在口語中不常見的、具有文學性的文句。赫斯曼認為，現在的青少年，比過去任何一個時代都有更多練習「寫作」的機會：他們寫簡訊、寫臉書貼文……問題是，這些短短的文字都太口語化，並不能達到真正練習寫作的目的，以至於他們在寫學校作業時，也只會用一些簡短、結構不甚正確的句子，缺乏寫結構複雜的長文的能力。

「寫作革命」積極投入師培。在一堂師資訓練課程上，赫斯曼秀出一張簡報，一個女孩愜意的趴在地上，在紙上隨意塗寫。這是很常見的罐頭照片構圖，許多教育簡報都常用類似圖片，傳達「學習應該既溫暖又放鬆」的感覺。主張「過程導向」寫作教學的人就很愛用這種圖片，藉以傳達「自由塗鴉是激發靈感的好方式」。

但是，赫斯曼博士大聲宣稱：「這是不好的寫作姿勢！」她主張孩子從小就應該在書桌前寫作。而且，她認為學生還是需要花一點時間從事填空之類的文法練習，弄清楚如何正確使用「雖然」、「但是」，「因為」、「所以」這些連接詞。例如：

分數與小數「雖然」類似，「但是」它們呈現的方式不同。

分數與小數是相同的概念，「因為」它們都代表整體的一部分。

分數與小數可以表示相同的數值，「所以」它們可以互換使用。

赫斯曼博士主張，高中生應該經常練習透過寫作來複習學過的數學、社會及科學概念，精進寫作基本能力，同時也鍛鍊思考力。從中學開始，教師就應該精心設計作文題目，讓學生有機會練習思考性的寫作。例如，不要出「什麼事件引發了南北戰爭？」這種只要翻翻課本就能照答的題目；取而代之的，可以出「回溯所有南北戰爭的遠因與近因」，引導學生寫一段歷史敘事文，並且釐清當中的因果關係。

赫斯曼博士對來上寫作課的教師說：「自由寫作，讓孩子自由發揮，並因此愛上寫作，這種方法對高中生不適用。」她補充，這種方式對來自低收入社區的孩子尤其沒有用，因為他們從小就很少有沉浸在文學閱讀的機會。赫斯曼也不相信，生活經驗愈豐富的學生就能寫得愈好、愈能把自己的生活經驗用文字表達出來的學生就能寫得愈好。跟卡爾金斯一樣，赫斯曼也贊成共同核心標準，因為共同核心標準促使學生練習思考性的寫作，而不只是寫關於生活的描述。

她說：「我把這叫做『脫離童年的寫作』。」她說，讓小學生看著窗外十分鐘，然後寫下他們看到的東西，這樣的練習很有趣，可以讓孩子產生對寫作的興趣。

「但是高中生不一樣，他們就要準備進入人生下一階段了。他們每一次的寫作練習都必須有目的。」

「寫作革命」的的教師寫作坊，課程很嚴肅，缺少長島寫作計畫課程那種有趣的師生互動氣氛，也不鼓勵教師即席寫作練習，或跟學員互相檢討文章，而是花大部分時間設計教學計畫或作文題目。但是，參加過「寫作革命」工作坊的教師，很多都成為赫斯曼博士的支持者。

任教於華府特魯斯德爾特許學校的特教老師茉莉・庫達西（Molly Cudahy）就很欣賞赫斯曼博士的方針。她覺得強調文法和結構的教學方式，更能幫助學生，而非限制他們表達自己。她任教的學校，幾乎所有學生都來自低收家庭。「一開始我也嘗試自由寫作、創意寫作，鼓勵學生找出靈感，但是我發現他們根本不具有把靈感形諸文字的『工具』。」

在寫一篇好文章以前，要先學會寫一個好句子。寫好句子，不是從高中開始學，這個訓練應該從國小低年級開始，目前是美國學制中K的標準課程之一。之後，學生的寫作能力應該逐年進步，持續從教師或同儕處得到反饋，開始模仿名家作品，寫出自己的風格。到了高中階段，學生應該已經能夠創作動人的文章。

可惜現狀卻非如此。根據很多高中教師的觀察，高中生可以在智慧手機上打出一連串的文字，卻不能用紙筆創作，也無法用電腦打出較長的文章。因為他們的大腦被手機改造了，他們的思緒被關在小小的手機螢幕裡。透過手機簡訊溝通，幾乎不需要遵循任何文法規則或者使用任何標點符號。因為使用手機，高中生漸漸失去了這些能力。到了高中最後一年，面臨必須遞交大學申請信的時刻，他們便束手無策了。然而，高中生必須具備基本讀寫能力，才能在大學入學考試中有較好的表現，才有能力勝任進入職場後的文書工作。

從上述現象可以得出一個結論：**高中生需要「過程導向」和「鍛鍊基礎能力」並重的寫作訓練**。密西根州立大學的特羅亞博士就說，如果讓學生自由寫作，完全不要求結構與文法，用慣了手機的高中生，根本不會有任何進步。但是，如果只注重指導文法，脫離了「過程導向」所強調的尋求文學的靈感，學生寫出來的作品就會流於膚淺。內容發想永遠比文法重要，但並不代表可以完全不要求「寫對字」、「用對文法」。重點是，後者在教學及評分的比重上不應該超越前者。美國教育界已經很少使用傳統的文法習題，不是因為不重視文法，而是實證顯示，傳統習題對改善文法能力效果甚微，高中階段的文法精實，必須採用更有效的教學法。

再回到「長島寫作計畫的寫作營」。列瑟還在學習，如何活用她的拼字與文法技能，來把她的靈感形諸文字。

萬澤老師提供了許多真實的大學入學申請信，讓列瑟與同學們閱讀並分析這些申請信的優缺點。然後她帶學生一起讀喬治．埃拉．里昂（George Ella Lyon）的詩作〈我的來處〉（*Where Im From*），讓學生參考這首詩做為範本來寫自傳。列瑟寫了屬於她自己的我〈我的來處〉版本，在這個過程中，她想起了在海地的童年的許多細節。

她寫道：「我來自一幢鐵皮屋頂的小房子，那屋頂因為經常晾曬手洗的衣物而生鏽……」毫無疑問，這是一個優美的句子。就從這句好句子開始，列瑟完成了她的大學申請信。

指導寫申請信　預備營受歡迎

克服「大學申請信」或「求職申請信」這一關，是高中畢業生踏入社會的第一步。儘管受過十二年的讀寫訓練，高中畢業生踏出這一步時，仍需要建議與指導。指導學生寫好大學申請信、踏出社會人新鮮人的第一步，是「美國國家寫作計畫」遍布全美的近兩百個衛星站，在高中階段的重點項目。

一個晴朗的夏天早晨，我到加州州立大學聖地牙哥分校，拜訪我的老朋友，聖地牙哥寫作計畫的課程主任卡蘿・施拉梅爾（Carol Schrammel）。走進辦公室，只見她的桌上厚厚堆著講義，牆上層層掛著課程表。教研工作繁忙，她還是願意抽空在我的新書截稿前與我聊聊。

「聖地牙哥寫作計畫」的寫作營是我心儀已久的，我打算以後要送兒子來參加。他們針對高中生設計有三大寫作營：**青年作家營**（Young Writers Camp），給孩子機會天馬行空地創意寫作；**學生思想家營**（Students as Thinkers），讓孩子練習批判性的思考與辯證；還有**大學預備營**（College Ready Writers Program），指導學生寫大學申請信。不用說，大學預備營是最受歡迎的，在本地家長間口碑相當好。

施拉梅爾告訴我，今年大學預備營在三天內就額滿了。

「聖地牙哥寫作計畫」已有四十三年歷史，大學預備營是他們最新的活動項目，從二〇一四年開始推出。所有聖地牙哥地區、開學後將升十二年級的學生，都可以申請參加為期五天的聖地牙哥寫作計畫暑期課程，由通過國家寫作計畫訓練的教師指導，練習寫申請大學的自傳與申請信。課程結束後，學生有三個月的時間好好寫一份自傳與申請信。

學生在十月份再度回到「聖地牙哥寫作計畫」的教室，由教師一對一的幫他們看自傳與申請信，並給予修改建議。之後，學生有兩個月的修改時間；等寒假來臨，再請教師幫他們做最後潤飾。到了三月，申請大學的旺季，這些參加大學預備寫作課程的學生，手中都握有一份令自己信心滿滿的申請信與自傳。

「我們沒有正式追蹤這個課程的學生，但是我認識每一個孩子。」施拉梅爾肯定的說：「五年來參與這個課程的學生，每一個都成功申請上大學了。每一個人。沒有一人落後。」

她補充道：「當然，讓每個孩子都上大學，不是讀寫教育最終、也不是最主要的目的。聖地牙哥寫作計畫的宗旨，是透過有效的閱讀與寫作教育，全面提升學生的學習力。這也是國家寫作計畫的宗旨。我們相信寫作是重要的學習工具。」

我知道施拉梅爾不是說說而已。她真正是寫作教育的信仰者。我去「聖地牙哥寫作計畫」拜訪她的那一天，她剛去北加州參加孫女的中學畢業典禮回來。她展示許多孫女的照片與作文給我看，眉宇間得意非凡。她得意是有理由的——從孫女上小學起，施拉梅爾就與她交換日記，一開始只是幾個字、有時候甚至只有圖畫，但是施拉梅爾用一種輕鬆但積極的態度，一方面持續寫日記給孫女，一方面鼓勵孫女繼續寫。直到有一天，「她寫了一個很長的故事給我，是我兒子一家人去旅遊的遊記，但中間又摻雜了她自己的想像，劇情非常有趣，而且寫得很生動。」施拉梅爾立刻打電話給孫女：「寫得太好了，奶奶太喜歡了，你一定要繼續寫。」

「現在我孫女中學畢業了。她很喜歡學習，而且喜歡用文字寫下自己的心得，跟我分享。你看，這多棒啊！我相信她將來不論做什麼，寫作能力一定會幫助她成功的。」

施拉梅爾還有兩個年幼的孫子，她也與他們交換日記，並經常鼓勵家長也這樣做。她說：「讓孩子練習寫作的報酬是豐碩的。他們以後會用他們透過讀寫教育獲得的技能，取得高等教育的機會，得到自己理想的工作。這是很棒的一件事。」

寫出特色才能勝出

談到高等教育的機會，以下是一位專家的經驗談。

這位專家就是作家瑞秋・托爾（Rachel Toor）。她曾經擔任有「南方哈佛」之稱的杜克大學招生官，目前在東華盛頓大學教授創意寫作。她提示學生：「埋首在電腦前開始寫你的大學申請信之前，先想像一下這個畫面：在一個霧濛濛的冬日，在一間擠滿了招生官跟教授的房間裡，大家圍坐在申請信堆積如山的大桌子旁邊。大學招生官通常是一群薪水很低的年輕人，他們充滿熱誠的閱讀這些申請信。德高望重的教授們則往往顯得很疲倦，不時拿下眼鏡，揉揉眼睛。」

托爾特意為學生們描述這個畫面，因為寫作的第一課不是起承轉合，而是**認識讀者**。想像一下，招生官與教授組成的招生委員會，長時間坐在一間房間裡，吃著餅乾和布朗尼蛋糕，讀著一堆非常相似的申請信。「棒球是我的生命」、「辯論是我的生命」、「我去發展中國家服務，發現窮人也可以快樂」……幾天下來，他們肯定覺得很膩，不論是對糕餅還是對申請信。

然後他們還要檢視長長的候選學生名單，一州一州、一區一區。最好或最弱的申請者，通常不會在招生委員會上被提出來討論，要討論的是那些處於中段的一大群普通學生，他們的申請信經常很像，多半都很無聊，有些文筆簡直差勁。但偶爾也會有一位招生官流下眼淚，揚起一封信：「天啊，你們一定要讀讀這個奧林匹亞競試選手對《哈姆雷特》的看法。」

托爾說：「高中生學習寫作的目標，就是寫出這樣的申請信。」

一旦學生決定坐下來，花時間、心思去寫一份申請信，第一個任務就是決定要寫什麼。如果他們想不出來，那也不表示他們比較差，只是普通而已。因為可以自由選擇寫什麼，反而不好下筆。

這時候，托爾會這樣引導學生：首先，提醒他們選擇一個真正想寫的主題。如果作者對自己所寫的主題漠不關心，那麼讀者也不會對這篇文章感到興趣。是什麼令你孜孜不倦，夜不成眠？汽車？咖啡？勾股定理？你最喜歡的一本書？

好的主題應該要夠複雜。在學校寫論說文時，學生可能要「選邊站」，寫出支持某一方的論證。在學術性的論文中，這是沒問題的；但是在描述個人的文章中，要能夠表達出更微妙的想法，要能夠爬梳自己矛盾的情緒。說到入學申請信，有點衝突的文章才引人入勝。

「我愛我媽媽。她是我最好的朋友。我們會借彼此的衣服穿，還會一起看《慾望師奶》。」這篇文章不怎麼樣。

「我愛我媽媽，儘管她討厭我的天竺鼠，還會逼迫我打掃房間以及吃噁心的甘藍菜。」這篇的文筆就有比較有意思。

好的寫作總是別出心裁

大學入學申請信應該個人化，成功的申請信應該讓讀者從作者所選擇的主題以及敘事手法中，得到很多對作者的了解。托爾舉例，她在杜克大學招生處服務時，曾經看過一個令她印象深刻的開場白：「我和我的車很像。」然後，這位作者描述了一輛「聞起來像落水狗」、「永遠達不到時速六十英里」的老爺車。

還有幾封申請信也令托爾印象深刻。有個韓裔男生描寫跟媽媽一起做泡菜，在車庫裡邊做泡菜邊聊天：「有一次，我媽媽若無其事的用她那韓國口音很重的英文對我說：每次你做愛，都要記住戴保險掏（套）。」藉由這個開場，他描寫了遵循韓國傳統、思想保守的父母，如何用他們的方式與在美國長大的青少年兒子找到共通話題，以及父母的身教如何影響了他的生涯規畫。

另一個女生描寫她的媽媽在孩子都長大以後，決定去隆乳。藉由這個經驗，她探討了女性意識及其如何啟發她對大學科系的選擇。

車子，泡菜，媽媽去隆乳……這些申請信的作者，選擇了獨特且充滿個人風格的題材，引出他們真正想說的事，給讀者一個機會去探索真正的主題：「這就是我。」這才是引人入勝的大學申請信。

大學申請信不是用來自我吹噓的，相反的，反而應該多探討那些自我掙扎、甚至失敗的時刻。失敗的經驗是自傳的精華，近乎苛求的誠實與自省，最能得到共鳴。冬日午後，坐在大桌子前吃甜食的招生官已經無聊得快睡著了，千萬不要寫一封讓他們覺得更無聊的申請信。

托爾指出幾個高中生常犯的寫作錯誤，包括：無意義的重複、無意義的引言與陳腔濫調、時態錯誤、太多「音效」、主詞與動詞的混淆等。這些基本的寫作功夫，應該在小學到高中的十二年內培養起來，然後畢其功於一役的展現在大學申請信上。可惜不是每一個高中畢業生都能具備寫作基本功。隨便舉幾個例子：

一封標題為〈一次失敗的經驗〉的申請信，招生官一看到這個題目，大概就知道學生要寫什麼了。偏偏學生又以這樣的句子作為開頭：「有一次失敗的經驗，是我想打我弟弟，卻發現他已經比我還高大了。」第一個句子便毫無意義的重複標題，一點吸引力也沒有。如果把開頭改成這樣：「當我舉起手臂準備出擊時，我卻驚訝的發現，眼前的人已經比我還高大了。」就好多了。

很多高中生會用八股作文教科書上所謂的「名言金句法」來破題，一開頭就引用名人名言來開頭。但是入學申請信字數有限，把有限的字數浪費在別人說過的話，實在不是聰明的做法。

另一種常見的浪費字數，就是用陳腔濫調起頭，例如：「太陽底下沒有新鮮事。」這種開頭的申請信，還真就沒有什麼新鮮可言。如果一定要引用名句，必須要有很好的理由，而且不要一開頭就用。

正因為申請信必須精練，更應避免贅詞贅句。禮物一定是免費的，寫「禮物」，不要寫「免費禮物」。信仰一定是個人的，寫「我的信仰是如何如何」，不要寫「我個人的信仰是如何如何」。特別就是獨特，獨特就是特別，所以擇一使用即可，不要連用「特別獨特」。

許多時候，文法正確與否，會影響讀者的觀感。例如時態。假設作者在描述過去的經驗，卻使用現在式動詞來敘述，就讓人無法真正進入作者描述的情境或情緒。

修辭問題也很常見，雖然不算錯誤，但如果能夠避免，可以讓文章順暢很多，少寫些不必要的助動詞。與其寫：「這篇文章是一個學生寫的，它是很令人驚嘆的。」不如寫：「這篇學生作文令人驚嘆。」

高中生可能漫畫看多了，習慣在文章中加入一些「音效」，像是：「咻！」「呼！」「哎喲！」「啪啪啪！」一些狀聲詞可以讓文句變得生動，但是作文不是漫畫，用了過多的音效、驚嘆號，這篇文章就讓人看不下去了。托爾說：「看到開頭就來個『砰！』的文章，我都直接跳過。這學生就出局了。」

大學入學申請信，從某一方面來說，是學生十八年來學習成果的展現。培育一個好的寫作者，很難在一年內速成，寫作教育仍須從小扎根。

CHAPTER

6

【終身教育】讀寫希望工程，改寫失學者人生

前面各章談的是從學前到大學階段的讀寫教育現場。最後，要來談成人讀寫教育。需要讀寫教育的成人，多半是從前沒有受到好的讀寫教育。

本書第一章就提到，史丹佛大學研究發現，兒童的閱讀力，在嬰兒期就已經分出高下。領導該研究的安・福納爾德教授指出，嬰兒在十八個月以前經由與成人互動聽到的字彙量，決定入學後的閱讀力。

第二章講到暑期滑落的問題。如果一個孩子從小學一年級開始，每逢暑假就放下書本，「暫停」閱讀，那麼他每年會流失三個月的學習力。升上五年級的時候，他的學習力將只有二年級的程度。

第三章談到，小學三年級是讀寫教育的重要起始點。如果一個孩子在三年級結束時，還無法自主閱讀，那麼他的讀寫力可能終身都將落後同儕。研究指出，他們在高中以前輟學的機率會加倍，成年後涉入犯罪的機率是一般人的六倍[1]。

讀寫教育沒有好好落實的後果，實在是太嚴重了。

讀寫能力提升　更生人成功脫魯

作家麥克爾．阿什利（Michael Ashley），就遇過一個因讀寫能力提升、成功脫魯的案例。這位作家在洛杉磯公共圖書館擔任志工，教成年人閱讀。有一個學生是年長的更生人，年紀與阿什利的父親差不多。這位更生人曾有年少輕狂的一段過往，但在牢獄中虛度年華以後，好不容易重獲自由，已經無意再傷害任何人。現在他只有簡單的願望，就是做卡車司機，賺到可以負擔一間公寓房租的收入，然後跟女朋友結婚。但是，光是得到卡車司機工作這個願望，就很難實現。問題出在他根本讀不懂多數的考題，更不用說書面回答。他的讀寫力不足以通過簡單的營業駕照筆試。為了幫助這個學生實現願望，阿什利花了好幾個月的時間，教他認字、寫字，協助他建立理解文本的能力。

令人高興的是，這個學生最後通過筆試，得到卡車司機的工作，娶了女友，

1 萊絲莉．莫羅（Lesley M. Morrow）：*Literacy Development in the Early Years*，暫譯〈早期讀寫發展之研究〉。紐澤西州立羅格斯大學，二〇一二年十一月。

一切都步上軌道。如果他沒有通過考試呢？這個初老的男人，是洛杉磯廣大的藍領階級的一員，如果不是公立圖書館提供了這樣的機制幫助他學習識字、寫字，他將何去何從？

阿什利說：「我教他的時候，他已有健康問題，多半是牢獄歲月留下的後遺症，假使他沒有一份穩定的工作，他的健康也就不可能改善。」如果這個學生沒有通過筆試，沒有足以維生的正當工作，為了求生存而再犯罪，也不令人意外。

美國的公共圖書館，不只是提供書籍借閱服務、提供安靜閱讀的場地，也是推廣成人讀寫教育的要角。在全美各州，以加州的公共圖書館推動成人讀寫教育力度最大，加州各個城市的公共圖書館，都有免費成人讀寫指導服務。一九八四年，加州州立圖書館員加里・史壯（Gary Strong）看見成人讀寫教育的不足，發起加州讀寫運動（California Literacy Campaign），推動由圖書館來修補成人讀寫教育的缺口。

發展到今天，加州全州共有一百多個由公立圖書館主持的成人讀寫計畫，專門服務成人失學者。其中以聖地牙哥的成人讀寫項目（READ/San Diego）最為知名，二〇〇四年被美國教育部選為頂尖成人教育社區夥伴；二〇〇六年獲頒美國圖書館協會成人讀寫貢獻獎，是全美成人讀寫教育計畫的典範。

我到聖地牙哥成人讀寫計畫採訪的那一天，適逢加州河邊市派員來參訪。計畫主任瓦萊麗．哈迪（Valerie Hardie）說明，據統計，讀寫能力需要加強的成人，全加州約有五百九十萬人，其中，聖地牙哥郡約有四十五萬人。這些成人並非文盲，但他們的讀寫能力卻不足以應付日常生活所需，例如他們無法讀懂成藥標籤、食譜、甚至電視遙控器上的指令。許多人無法與孩子共讀，使得他們的孩子入學時就輸在起跑點。

一百年前，一個人只要能讀懂幾個字、能簽自己的名字，就算是有文化了。上世紀五〇年代，一個人至少得從小學畢業，才算得上有文化。今天，按照美國教育部的標準，讀寫能力不能達到八年級水平的成人，都算讀寫能力不足。

這就是為什麼「掃盲」工作在今天、甚至在已開發國家如美國，還是非常重要。掃盲，不是教人識字；掃盲，是幫助成年人提升讀寫素養。

美國自一九六五年起實施十三年國教，迄今五十五年。但據二〇一九年統計，每年有超過一百二十萬人從高中輟學；約四分之一的高中生未能順利畢業。這些中輟生，有很高的機率成為讀寫能力不足的成人。

高中生輟學的原因複雜，美國國家教育統計中心（National Center for Education Statistics）調查指出，二八%的中輟生是因為「被當掉太多科目」而輟學，可見輟學最主要的原因之一是學習成就過低。而學習成就過低與讀寫力低落之間，又有密不可分的因果關係。讀寫力低落的根本原因，也許從學前就種下了遠因，又在學生時代錯過了補救機會；在三年級以前沒有學習閱讀，在三年級以後無法用閱讀來學習。但即使錯失一次又一次的機會，美國當局仍然沒有放棄這些失學者。

每天，全美各地成人讀寫計畫都在致力改寫這些失學者的人生。專業的教育學者專家以及一般大眾組成的志工團隊，合力協助失學者提升讀寫能力。公立圖書館與成人學校、社區大學合作，主動接觸可能需要學習讀寫的人。圖書館職員與志工，定期到戒毒無名會等可能有較多成人失學者聚集的場所，向他們介紹成人讀寫計畫，以及其他可以利用的圖書館資源。

走進聖地牙哥公共圖書館八樓的「讀寫實驗室」，這裡有各種紙本讀物，也有電子書、安裝有讀寫課程的電腦。有針對語言技能、閱讀力、寫作力、拼字、打字等不同目標設計的教材。來這裡接受指導的成人學生，可以選擇適合自己的工具，來增進讀寫能力。

指導這些成人學生的，是許許多多像阿什利的志工。這些志工接受圖書館的訓練，知道如何指導成人學生，也具備成人學習障礙方面的知識。志工完成訓練以後，會由圖書館幫他們媒合適合的學生。通常，他們每星期與學生見面兩次，每次一到三小時。他們可以在任何一個圖書館分館、學習中心或是社區活動中心見面。

志工教員使用的教材，由聖地牙哥市政府、加州州立圖書館以及聖地牙哥公共圖書館提供。

家長學讀寫　做孩子最初的老師

除了提供成人一對一的讀寫指導以外，「聖地牙哥成人讀寫計畫」還主持一個「家庭讀寫」計畫（Family for Literacy）。設計這個項目的主要目的，是打破所謂的「世代低文化水平」（international generation low-literacy）。識字有限的家長，無法與孩子共讀，延遲孩子接受讀寫教育的時機，導致入學後學習成就低落；孩子成年後自組家庭，又再落入同樣的惡性循環。爸爸、媽媽是孩子最初的老師，「家庭讀寫」指導識字有限的家長或主要照顧者，讓他們有能力給孩子更好的家庭教育。「家庭讀寫」也提供適合孩子年齡的繪本，幫這些家庭打造屬於自己的家庭圖書館，這對於提升孩子的早期讀寫教育是非常重要的。

跟成人讀寫計畫一樣，家庭讀寫計畫也是完全免費的。接受家庭讀寫計畫服務的家庭，家中必須有至少一個五歲以下的孩子，同時有至少一個家長、祖父母或其他主要照顧者，符合成人讀寫計畫的服務對象（會說英語，但讀寫能力不到八年級程度）。符合資格的家庭，如果有較年長的子女，也可以一起參與課程。

有興趣接受讀寫計畫服務的家庭，在與圖書館志工第一次會面後，要填寫一份申請書，申請書的內容包括閱讀習慣（如果有閱讀習慣的話）調查，以及申請加入這個計畫所希望達成的目標。

為什麼成人讀寫計畫要擴及家庭呢？「研究顯示，從出生到三歲，是決定一個孩子未來能否成功學習的關鍵三年。」哈迪說：「而我們發現，孩子對於書本有沒有正面經驗，往往取決於他身邊的大人。」家長可以跟孩子玩遊戲，可以唱歌給孩子聽，可以讀故事給孩子聽。如果家長不識字，就比較難扮演好「最初的老師」這個角色。家庭讀寫計畫，就是要裝備每一個成人，讓他們能當好孩子最初的老師，讓孩子在家有書讀，有遊戲玩，跟爸爸、媽媽有正面的互動。

這個課程的設計，每次一個半小時到兩小時，參加的家庭可以自己決定要參加多長時間。圖書館提供給參與家庭的書籍都是全新的，適合零歲到五歲的小孩閱讀。總部位於聖地牙哥的無線通訊技術大廠高通公司（Qualcomm）每年捐三千本新書給家庭讀寫計畫，提供給參加該課程的一百多個家庭、五百個孩子。

這個計畫，改寫了許多家庭的命運。例如，瑪莉亞．德里科（Maria Federico）一家。

每週兩次，費德里科帶著她四歲的兒子奧斯卡（Oscar），到住家附近的瓦倫西亞公園分館（Valencia Park Branch Library）參加家庭讀寫計畫。這個計畫對奧斯卡影響很大。

費德里科今年三十歲，但是她識字程度跟四歲的兒子差不多，沒辦法自己念書給兒子聽，所以她帶兒子去圖書館。她說：「我不會讓我兒子跟我一樣，遇到我當年在學校遇到的那些麻煩。」他們從家庭讀寫計畫拿到了奧斯卡的第一本書。瑪莉亞告訴圖書館志工：「奧斯卡很對這本書愛不釋手！不但把書帶去學校，就連睡覺也捨不得放下。我一點都不介意。我很高興他願意看書。」

後來，瑪莉亞也把三個月大的女兒安娜（Anna）帶去圖書館。她非常滿意圖書館對孩子們產生的影響，她也跟孩子一起學習，覺得自己變得更有耐心、有信心。她說：「參加這個計畫以後，我們全家人都開始讀書了。」

艾瑞卡・沙耶斯（Erika Sayas）也有類似經驗。她從二〇〇四年起參加家庭讀寫計畫，是最早加入的家庭之一。當時她的目標是培養兩個年幼的孩子熱愛閱讀。

之後，她又生了四個孩子。現在她和丈夫、六個孩子仍然經常參加家庭讀寫計畫。「我的父母從來沒有讀書給我聽，或是幫我看過功課，」沙耶斯說：「參加這個計畫，讓我學到怎樣跟孩子共讀，或是怎樣支持他們、鼓勵他們讀書。」她也覺得自己的語言技能、溝通技能都改善了，可以開始幫孩子看看功課，很多學校教的東西她都不懂，但是她現在懂得利用圖書館的資源，例如家教服務。沙耶斯得意的說：「我的每一個孩子都從五歲前就開始看書了。每一個！這不是很棒嗎？我努力創造一個讓他們可以好好讀書的環境。」

聖地牙哥成人讀寫計畫創始於一九八五年，哈迪是最早期的全職成人指導員。她為這個計畫奉獻超過三十年，幾乎等同她整個職業生涯。她認為聖地牙哥成人讀寫計畫的成功，來自志工的熱誠、堅持，以及圖書館行政階層的支持。

「指導成人讀寫，是非常有成就感的工作，」她說：「這不是教大人讀書、寫字而已。這是從裡到外改變他們對自己的看法，讓他們發現自己可以做到一直以為做不到的事——例如讀、寫，還有用讀寫來學習。」

指導成人讀寫，並不簡單，也充滿挑戰。哈迪說：「成人學生不像孩子，沒有『紀律』問題。你不需要管理課堂秩序，只要專心教學。許多成人學生經歷過了人生的波瀾，吃過不能讀寫的苦頭，現在正一邊對孩子隱瞞自己大字不識幾個的難堪，一邊努力趕在孩子前面記住那些單詞拼音。他們知道自己為什麼坐在這裡，哪怕一星期只有兩次，每次只有一個半小時。他們非常努力。」

目前「聖地牙哥成人讀寫計畫」有兩百五十名志工老師，指導三百五十名學員。這些學員年紀多在四十歲上下。哈迪觀察到，很多成年人為了面子與自尊，刻意隱瞞自己不能讀寫的實情；但是他們一旦成為父母，便有了強烈的動機學習讀寫。「他們想讀故事給孩子聽，想幫孩子看功課。這是真的。」

哈迪告訴我一個故事，是關於她認識的一個學員。這個男人快五十歲，但閱讀能力只有小學程度，小學畢業以後沒有再提筆寫過任何東西。他有一個讀高中的孩子，向來都是妻子幫孩子看功課。但不久前妻子意外過世了。他想代替妻子幫孩子看功課，卻發現孩子的教科書自己都看不懂。他第一次向孩子承認自己高中沒畢業的事實，並承諾一起學習。

哈迪說：「看到這樣的學生，你會不盡力教他嗎？」

知名神經醫學家尼爾斯．伯格曼曾說，**修理一個壞掉的成人，比養育一個健康的孩子，困難多了**。哈迪這群人，每天都在做這困難的工作。因為失學者的人生不應該被放棄，而讀寫教育也不會因為學校教育的完結而完結。

高中生輟學最主要的原因之一是學習成就過低。而學習成就過低與讀寫力低落之間，又有密不可分的因果關係。讀寫力低落的根本原因，也許從學前就種下了遠因，又在學生時代錯過了補救機會；在三年級以前沒有學習閱讀，在三年級以後無法用閱讀來學習。

結語

如呼吸一般的讀寫教育

我曾經認識一隻名叫「馬可」的黃金獵犬，牠是圖書館的一隻狗狗義工。

住家附近的圖書館，有個叫做「Paws for Read」的閱讀方案，姑且翻譯為「與狗共讀」。Paws 是狗腳掌，與夥伴（Pals）諧音。這個方案的內容，是讓受過訓練的醫療犬，每週固定在各分館巡迴，讓大小朋友練習講故事給狗狗聽，藉此推動閱讀教育。這個方案在全美七十五個城市推動，行之多年。當我還是新手媽媽的時候，週末不知道安排什麼活動才好，就固定帶孩子到圖書館與狗共讀。

我們就是那時候認識馬可的。馬可還有一個雙胞胎兄弟班特利。圖書館的狗狗志工很多，但是大兒子與這對雙胞胎黃金獵犬特別投緣。也許是牠們脾氣特別溫順而毛髮本就凌亂，當時才六個月大的兒子，爬過去亂搓牠們的毛髮，兩隻狗兒也不以為忤，反而扭過頭來親切的用鼻子輕輕摩蹭嬰兒的頰邊，逗得兒子一陣咯咯笑。

於是，一開始，兒子總是坐在我的膝上，踢我讀故事給馬可聽。後來，他漸漸可以自己讀故事給馬可聽。再後來，馬可得了癌症死了。當時兒子三歲，我們一起讀了一本《狗狗天堂》繪本，我向他解釋了死亡，他似懂非懂。在那之後的每個週末，兒子都會問：「馬可什麼時候從天堂回來？」

就這樣過了一年。有一天，他忽然對我說：「我知道了，上天堂的意思就是再也不會回來了。馬可再也不會回來了。」然後他哭了。

我一直覺得，馬可教會了我兒子很重要的一件事，就是關於死亡。後來當我們談起這件事，我說：「媽媽覺得馬可雖然不會講話，但是牠是一個好老師，教了你很重要的一件事！」

兒子答：「對啊，馬可教我看書。」

「哦？」這跟我想的有點不一樣。

如今已經七歲的兒子說：「一直到現在，我想起馬可，還是會覺得難過⋯⋯但是想起馬可，我就想起《狗狗天堂》那本書，還有，我在看那本書的時候，就不難過了。我學會了難過的時候可以看書。」

兒子還不太會用高深的話語表達自己的意思，但是他已經體會到，閱讀就像一棵樹，當這棵樹在他的生命裡茁壯繁盛，將能像作家安．拉莫特描寫的那樣，庇護他抵禦這荒蕪世間的悲歡。

而這顆閱讀的種子，是誰在這孩子心裡種下的呢？是馬可？是圖書館？是推動「與狗共讀」的組織？

我想都是吧。最重要的，是這許多人、許多組織，交織而成的一個有利推動讀寫教育的大環境。根據美國出生世代縱貫研究（Birth Cohort of Early Childhood Longitudinal Study）二〇一八年統計，九八％的美國家長每週至少與孩子共讀一次，三七％的家長每天與孩子共讀。從出生起，書聲就像奶水一樣滋養著小小的寶寶。

我在美國生育兩個孩子，親身體會從讀到寫的教育，真的可以像呼吸一樣自然。從第一次當媽媽開始，我不需多費心思，只是聽聽小兒科醫師的建議、隨手利用圖書館的資源、配合公立幼兒園的活動，就能非常輕鬆的引導孩子從讀到寫。

另一方面，根據臺灣幼兒發展調查資料庫建置計畫二〇一八年統計，十四%的臺灣家長從未與孩子共讀，十八．五%的家長每週與孩子共讀少於一次，顯示臺灣近三分之一的家長完全沒有或幾乎沒有與孩子共讀。

這是為什麼呢？是因為臺灣家長的工作更忙、家務更多嗎？還是因為風氣還沒建立，資源不夠豐富呢？

我認為，本書提供的美國讀寫教育的現場觀察，至少有幾個觀念上的啟發，值得臺灣各界重新思考讀寫教育的價值。

第一，讀寫教育不必等到入學以後才開始。

美國兒科醫學會指出，親子共讀可以從六個月大開始；美國幼教協會（National Associaion of Education for Young Children）指出，寫作練習可以從兩歲開始。

讀與寫，應該從小成為生活的一部分。寫作練習並不難，例如給寶寶一支蠟筆，讓他們邊聽故事邊塗鴉，培養「把想法形諸書面」的意識，就是最早的寫作練習。

第二，閱讀與寫作不應視為學科，應視為一種終身技能。

閱讀力是一切學習的根本，而寫作練習更可做廣泛的應用，從減輕兒童過動症狀到對抗青少年憂鬱與焦慮。

第三，教養沒有捷徑，終身讀寫教育是國家必須投入的漫長過程。

美國國家寫作計畫成立迄今四十三年，推動成人讀寫教育的聖地牙哥成人閱讀計畫成立迄今三十三年，無不是經過幾十年的投入，才有現在的成果。

我相信臺灣各級學校裡的讀寫種子已經種下，也已經開始萌芽。非常期望這本書能夠再一次發揮作用，讓這棵讀寫的小樹苗繼續茁壯成長，花繁葉茂。

附錄一 美國學校各年級實施讀寫教育的目標與時數

美國現行的共同核心標準課綱，並未規範學校實施讀寫教育的時數，取而代之的是規範各年級學生在學年結束時應達成的讀寫目標。

茲將共同核心標準規範各年級學生在學年結束時應達成的讀寫目標，簡述如下。**畫線的部分是各年級的練習重點。**

K（大班）

文體及目標：

- 混合使用畫圖、口述、單字拼寫等方式，完成議論文。能告訴讀者所描述書籍的題目及內容，以及作者對該書的感想（例如：我最喜歡的一本書是……）

- 混合使用畫圖、口述、單字拼寫等方式，完成說明文。能告訴讀者所陳述的主題，並至少提出一項與該主題有關的資訊。
- 混合畫圖、口述、單字拼寫等方式，完成記敘文。能描述單一事件，並按照順序說明前因與後果。

創作與發表：

- 在教師指導與幫助下，發表自己的作品，並回答同學提出的問題。
- 在教師指導與幫助下，探索教室以外發表作品的方法（例如：網路），可由數名學童合作共同發表作品。

研究與拓展：

- 團體研究並完成作品（例如：蒐集同一位最喜歡的作家的繪本，並發表感想）。
- 在教師指導與幫助下，覆述從閱讀中得到的資訊或生活中得到的經驗，並依據這些經驗或資訊回答問題。

一年級

文體及目標：

- 完成議論文，能告訴讀者所描述書籍的題目及內容，以及作者對該書的感想，並提出原因支持自己的感想。
- 完成說明文，能告訴讀者所陳述的主題，舉出一項與該主題有關的資訊，並提出結論。
- 完成記敘文，能描述幾件事情的發生順序，解釋前因與後果，並有合理的結尾。

創作與發表：

- 在教師指導與幫助下，發表自己的作品，回答同學的問題，並根據同學的意見改善自己的作品。
- 在教師指導與幫助下，練習在教室以外發表作品，可由數名學生合作共同發表作品。

研究與拓展：

- 團體研究並完成作品（例如：蒐集一系列「如何」類的書籍並綜合寫成介紹）。
- 在教師指導與幫助下，覆述從閱讀中得到的資訊或生活中得到的經驗，並依據這些經驗或資訊回答問題。

二年級

文體及目標：

- 就書籍或主題完成議論文。能介紹主題、提出觀點，並能有組織的陳述原因。能正確使用連接詞（例如：因為、所以、既然）來連接原因與觀點。能提出結論。
- 完成能清楚表示意見與資訊的說明文。能介紹主題及與主題有關的資訊，包括事實、定義與細節。能提出結論。
- 使用清楚的敘述法完成記敘文，能描述事件細節，並說明前因後果。能創造出一個場景及事件中的角色。能活用對話及描述角色的行動、思想、感受。練習使用動詞時態。有合理的結局。

創作與發表：

- 在教師指導與幫助下，自己編輯修改自己的作品。
- 在教師指導與幫助下，練習在教室以外發表作品，可由數名學生合作共同發表作品。

研究與拓展：

- 團體研究並完成作品（例如：蒐集同一主題的書籍寫成報告、練習寫實驗課的觀察報告等）。
- 在教師指導與幫助下，覆述從閱讀中得到的資訊或生活中得到的經驗，並依據這些經驗或資訊回答問題。

三年級

文體及目標：

・完成評論一篇文章或一個主題的議論文。能介紹主題、提出觀點，以及有組織的陳述原因。能正確使用連接詞（例如：因為、所以、既然）來連接原因與觀點。能提出結論。

・完成能清楚表示意見與資訊的說明文。能介紹主題及與主題有關的資訊，包括事實、定義與細節。能正確使用連接詞（例如：也、另一方面、以及、而且、但是）來說明意見與資訊之間的關聯。能提出結論。

・使用清楚的敘述法完成記敘文。能描述事件細節，並說明前因與後果。能創造出一個場景及事件中的角色。能活用對話及描述角色的行動、思想、感受。練習應用動詞時態。有合理的結局。

創作與發表：

・在教師指導與幫助下，有目的的創作文章。

・教師的指導與幫助下，練習預寫（打草稿）、編輯修改自己的作品。

・在教師指導與幫助下，數名學童合作在教室以外發表作品。練習打字。

研究與拓展：

• 練習簡單的研究及撰寫研究報告。

• 覆述從閱讀中得到的資訊或生活中得到的經驗，並依據這些經驗或資訊回答問題。

書寫範圍：

固定練習長篇的寫作（包括查找、預寫、改寫等複雜過程的作品）以及短篇的寫作（簡單、能在一至兩天內完成的作品）。練習為不同主題、目的、讀者而寫。

四年級

文體及目標：

• 完成評論一篇文章或一個主題的議論文。能提出觀點並陳述原因。能清楚陳述主題，表達中心思想，有結構的條列原因來支持中心思想。正確使用連接詞（例如：因為、所以、既然）來連接原因與觀點。能提出結論。

• 完成能清楚表示意見與資訊的說明文。能介紹主題及與主題有關的資訊，包括完整的描述，並以事實、定義與細節來完成文章。能正確使用連接詞（例如：也、另一方面、以及、而且、但是）來連接意見與資訊。能提出結論。

- 使用清楚的敘述法完成記敘文。能描述事件細節，並說明前因與後果。能創造出一個場景及事件中的角色。能用開展的方式描述事件的發展。能活用對話及描述角色的行動、思想、感受、對事件的反應。練習應用動詞時態，描述事件有合理的順序。有合理的結局。

創作與發表：

- 在教師指導與幫助下，為特定目的與讀者創作文章。
- 教師指導與幫助下，練習預寫（打草稿）、編輯修改自己的作品。
- 在教師指導與幫助下，在教室以外發表作品，並練習與讀者互動。練習打一頁文章。

研究與拓展：

- 練習簡單的研究及撰寫研究報告。
- 覆述從閱讀中得到的資訊或生活中得到的經驗，練習從書籍或網路上搜集資訊，並依據這些經驗或資訊練習整理筆記、將證據分類。

書寫範圍：

固定練習長篇的寫作（包括查找、預寫、改寫等複雜過程的作品）以及短篇的寫作（簡單、能在一至兩天內完成的作品）。練習為不同主題、目的、讀者而寫。

五年級

文體及目標：

- 完成評論一篇文章或一個主題的議論文。能提出觀點並提出支持觀點的原因。能清楚陳述主題，表達中心思想，有結構的條列原因來支持中心思想及作者的個人觀點。說明事實與中心思想之間的邏輯關聯性。使用連接詞、子句（例如：因此……、尤其是……）來連接原因與觀點。能提出結論，並與中心思想呼應。
- 完成能清楚表示意見與資訊的說明文。能介紹主題及與主題有關的資訊，提出對大環境的觀察以及所陳述的重點，有邏輯的列舉一系列的現象，活用圖表、插畫等多媒體來輔助說明，包括完整的描述，並以事實、定義與細節來完成文章。使用連接詞、子句（例如：相對地……、尤其……）來連接意見與資訊。能提出與陳述緊密相關的結論。

- 使用清楚的敘述法完成記敘文。陳述真實或想像的經驗或事件，包括細節的描述，並有完整的前因與後果。能帶領讀者想像出一個場景及事件中的角色，用開展的方式自然的描述事件的發展。能活用對話及描述角色的行動、思想、感受、對事件的反應。練習應用動詞時態，描述事件有合理的順序。有合理的結局以及事件的啟發。

創作與發表：

- 創作為特定目標或讀者而寫的文章。
- 在教師指導與同學協助下，練習預寫、編輯、修改自己的作品，並嘗試以不同的角度切入同一個主題。
- 在教師指導與幫助下，在教室以外，包括網路上發表作品，練習與讀者互動以及評論別人的作品。練習打兩頁文章。

研究與拓展：

- 練習簡單的研究及撰寫研究報告。
- 覆述從閱讀中得到的資訊或生活中得到的經驗，練習從書籍或網路上搜集資訊，並依據這些經驗或資訊練習整理筆記、將證據分類。
- 整理書籍或文本中的資訊，加以分析、反思、研究。
  - ·文學類的練習例如：比較同一作品中的兩個角色，分析他們對同一事件的動機與反應。
  - ·非文學類的練習如：找出一篇文章中的論點，分析作者用哪些證據支持哪些論點。

書寫範圍：

固定練習長篇的寫作（包括查找、預寫、改寫等複雜過程的作品）以及短篇的寫作（簡單、能在一至兩天內完成的作品）。練習為不同的主題、目的、讀者而寫。

六年級

文體及目標：

- 完成陳述主張的議論文，提出清楚的原因及有條理的證據。
  - 介紹主張及並提出清楚的原因及證據。
  - 用清楚的原因及相關證據來支持主張，使用可靠的消息來源並表現出作者確實對這個題目有所了解。
  - 使用連接詞與子句來連接原因與主張。
  - 練習使用正式的論述文格式。
  - 提出結論，並與主張相呼應。
- 使用精心查找並篩選過的資訊，完成能清楚表示中心思想、意見與資訊的說明文。
  - 介紹主題，組織思想及資訊，使用定義、分類、比較、因果等寫作策略，活用小標題、圖表及多媒體來輔助說明。
  - 用相關的事實來發展主題，引用實例。

- 分段落說明不同的資訊，段落間需有恰當的轉折。
- 使用精確的語言來解釋主題。
- 練習用正式的說明文格式。
- 提出與陳述緊密相關的結論。

• 使用清楚的敘述法完成記敘文，陳述真實或想像的經驗或事件，包括細節的描述，並有完整的前因與後果。
- 能帶領讀者想像出一個場景及事件中的角色，用開展的方式自然的描述事件的發展。事件的發展有邏輯性。
- 活用記述技巧，用對話、節奏、描述等勾勒出事件與角色。
- 有變化的運用單詞、連接詞、子句來連接場景。
- 使用精確的單詞，相關的描述，以及感官的描寫來使讀者進入場景。
- 有合理的結局以及事件的啟發。

創作與發表：

• 為特定的目標或讀者，創作結構與風格恰當的文章。

• 在教師指導與同學協助下，預寫、編輯、修改自己的作品，並嘗試以不同的角度切入同一個主題。

• 使用包括網路等科技，在教室以外創作並發表作品，練習與讀者互動或者與別人合寫，以及評論別人的作品。練習打三頁的文章。

研究與拓展：

• 練習簡單的研究及撰寫研究報告或回答問題，練習從數個不同的消息來源搜集資訊，並加以比較。

• 從書籍或網路上搜集與同一主題相關的資訊，練習判斷這些資訊是否可信，並引用、改寫這些資訊，做出自己的結論來說服別人。

• 整理書籍或文本中的資訊，加以分析、反思、研究。

·文學類的練習例如：分析不同文體，例如散文和詩詞的用句，及其給讀者的感受。

·非文學類的練習例如：找出一篇文章中的論點，將有證據支持的論點及作者的個人觀點區分開來。

書寫範圍：

固定練習長篇的寫作（包括查找、預寫、改寫等複雜過程的作品）以及短篇的寫作（簡單、能在一至兩天內完成的作品）。練習為不同的主題、目的、讀者而寫。

七年級

文體及目標：

• 完成陳述主張的議論文，提出清楚的原因及有條理的證據。

· 介紹自己的主張，陳述反對的主張，並組織證據來支持自己的主張。

· 用清楚的原因及相關證據來的支持主張，使用可靠的消息來源並表現出作者確實對這個題目有所了解。

· 靈活使用連接詞與子句，以使原因與主張之間的關係明確。

· 使用正式的論述文格式。

· 提出結論陳述，並與主張相呼應。

• 使用精心查找並篩選過的資訊，完成能清楚表示中心思想、意見與資訊的說明文。

- 清楚介紹主題，安排陳述資訊的順序，組織思想，使用定義、分類、比較、因果等寫作策略，活用小標題、圖表及多媒體來輔助說明。
- 用相關的事實來發展主題，引用資訊與實例。
- 分段落來說明不同的資訊，段落間須有恰當的轉折。
- 使用精確的語言來解釋主題。
- 練習用正式的說明文格式。
- 提出與陳述緊密相關的結論。

● 使用清楚的敘述法完成記敘文，陳述真實或想像的經驗或事件，包括細節的描述，並有完整的前因與後果。

- 能帶領讀者想像出一個場景及事件中的角色，用開展的方式自然的描述事件的發展。事件的發展有邏輯性。
- 活用記述技巧，用對話、節奏、描述等勾勒出事件與角色。
- 有變化的運用單詞、連接詞、子句來連接場景。
- 使用精確的單詞，相關的描述，以及感官的描寫來使讀者進入場景。

・有合理的結局以及事件的啟發。

創作與發表：

- 為特定的目標或讀者，創作結構與風格恰當的文章。
- 在教師指導與同學協助下，預寫、編輯、改善自己的作品，並嘗試以不同的角度切入同一個主題，比較不同的寫作手法，找出最能達成目的的方式。
- 使用包括網路等科技，在教室以外創作並發表作品，練習與讀者互動或者與別人合寫，以及評論別人的作品。練習在網路上發表文章時用插入鏈接的方式來引用資訊。

研究與拓展：

- 練習簡單的研究及撰寫研究報告或回答問題，練習從數個不同的消息來源搜集資訊，加以比較並找出其中的關聯性，練習做更深入的查找。
- 從書籍或網路上搜集與同一主題相關的資訊，練習使用關鍵字從網路搜尋引擎中找到自己需要的資訊，並判斷這些資訊是否可信，並引用、改寫這些資訊，做出自己的結論來說服別人，特別注意恰當引言，避免落入抄襲陷阱。

- 整理書籍或文本中的資訊，加以分析、反思、研究。
  - 文學類的練習例如：比較兩本描述同一時代、地區或角色的小說，分析作者如何使用或改編歷史。
  - 非文學類的練習例如：找出一篇文章中的主張，討論作者的推理是否合理，證據是否充分、足以支持主張。

書寫範圍：

固定練習長篇的寫作（包括查找、預寫、改寫等複雜過程的作品）以及短篇的寫作（簡單、能在一至兩天內完成的作品）。練習為不同的主題、目的、讀者而寫。

八年級

文體及目標：

• 完成陳述主張的議論文，提出清楚的原因及有條理的證據。
· 介紹自己的主張，陳述一項以上反對的主張，並組織證據來支持自己的主張。
· 用清楚的原因及相關證據來的支持主張，使用可靠的消息來源並表現出作者確實對這個題目有所了解。
· 靈活使用連接詞與子句，以使原因與主張之間的關係明確。
· 使用正式的論述文格式。
· 提出結論陳述，並與主張相呼應。
• 使用精心查找並篩選過的資訊，完成能清楚表示中心思想、意見與資訊的說明文。
· 清楚介紹主題，安排陳述資訊的順序，組織思想，使用定義、分類、比較、因果等寫作策略，活用小標題、圖表及多媒體來輔助說明。
· 用相關的事實來發展主題，引用資訊與實例。
· 分段落說明不同的資訊，段落間需有恰當的轉折。
· 使用精確的語言來解釋主題。

・練習用正式的說明文格式。
・提出與陳述緊密相關的結論。
• 使用清楚的敘述法完成記敘文，陳述真實或想像的經驗或事件，包括細節的描述，並有完整的前因與後果。
・能帶領讀者想像出一個場景及事件中的角色，用開展的方式自然的描述事件的發展。事件的發展有邏輯性。
・活用記述技巧，用對話、節奏、描述等勾勒出事件與角色。
・有變化的運用單詞、連接詞、子句來連接場景，以及事件之間的關聯。
・使用精確的單詞，相關的細節描述，以及感官的描寫來引導讀者進入場景。
・有合理的結局以及事件的啟發。

創作與發表：

• 為特定的目標或讀者，創作結構與風格恰當的文章。
• 在少許教師指導與同學協助下，預寫、編輯、修改自己的作品，並嘗試以不同的角度切入同一個主題，比較不同的寫作手法，找出最能達成目的的方式。

- 使用包括網路等科技，在教室以外創作並發表作品，練習與讀者互動或者與別人合寫，以及評論別人的作品。在網路上發表文章時用插入鏈接的方式來引用資訊。

研究與拓展：

- 練習簡單的研究及撰寫研究報告或回答問題（包括練習自問自答），練習從數個不同的消息來源搜集資訊，並加以比較並找出其中的關聯性。
- 從書籍或網路上搜集與同一主題相關的資訊，練習有效的使用關鍵字從網路搜尋引擎中找到自己需要的資訊，並判斷這些資訊是否可信，引用、改寫這些資訊，做出自己的結論來說服別人，注意恰當引言以避免落入抄襲陷阱。
- 整理書籍或文本中的資訊，加以分析、反思、研究。
  - 文學類的練習例如：研究一本當代小說，討論作者如何設計主題、節奏與事件，如何設計角色。討論當代小說、民間傳說、宗教故事設置的異同。

・非文學類的練習例如：在文章中劃出重點並找出作者的具體主張，討論作者的推理是否合理，證據是否相關與充分，辨認出不相關或不可靠的證據。

書寫範圍：

固定練習長篇的寫作（包括查找、預寫、改寫等複雜過程的作品）以及短篇的寫作（簡單、能在一至兩天內完成的作品）。練習為不同的主題、目的、讀者而寫。

九到十年級

文體及目標：

・完成評論他人主張或陳述自我主張的議論文，提出清楚的原因及充分、有條理的證據。

・清楚介紹自己的主張，陳述不同或相反的主張。
・公平的陳述正面及反面的主張，提出證據來支持兩種主張，整理兩種方面的優點與缺點，同時須考慮讀者的程度是否能理解、情感是否能接受。
・靈活使用連接詞與子句，釐清正反主張之間的關係，並使證據與主張之間的關係明確。
・使用正式的論述文格式，保持中立客觀的語氣，並注意文法正確。
・提出結論陳述，並與主張相呼應。
• 使用精心查找並篩選過的資訊，完成能清楚精確表達複雜中心思想、意見與資訊的說明文。
・清楚介紹主題，組織複雜的思想、概念、資訊，使之能為讀者所理解，活用小標題、數據、圖表及多媒體來輔助說明。
・用精心選擇、相關、充分的事實來發展主題，深入說明上述事實的意義，選擇適合讀者程度的引言、實例及其他訊息來說明。
・分段落說明不同的資訊，段落間須有恰當的轉折，並釐清資訊之間的關聯。

- 使用精確的語言來解釋主題。
- 用正式的說明文格式，並注意文法正確。
- 提出與陳述緊密相關的結論。

• 使用清楚的敘述法完成記敘文，陳述真實或想像的經驗或事件，包括細節的描述，並有完整的前因與後果。

- 能帶領讀者想像出一個衝突、一個場景或一個觀察，從一人或多人的視角來描述，發展出事件中的角色，並指定一個扮演「解說」的角色。用開展的方式自然的描述事件的發展。
- 活用記述技巧，用對話、節奏、描述、多重時間線等勾勒出事件與角色經歷。
- 有變化的運用單詞、連接詞、子句來連接場景，以及事件之間的關聯。
- 使用精確的單詞，相關的細節描述，以及感官的描寫來創造出生動的場景，引導讀者進入劇情。
- 呼應劇情發展有合理的結局。

創作與發表：

- 為特定的目標或讀者，創作結構與風格恰當的文章。
- 練習預寫、編輯、改善自己的作品，並嘗試以不同的角度切入同一個主題，比較不同的寫作手法，找出最能達成目的或吸引讀者的方式。
- 使用包括網路等科技，在教室以外創作並發表作品，練習與讀者互動或者與別人合寫，以及評論別人的作品。練習利用網路特性來連結相關訊息。

研究與拓展：

- 從事簡單與稍微複雜的研究，撰寫研究報告或回答問題（包括練習自問自答），練習擴充自己的答案，從數個不同的消息來源搜集資訊，並加以調查以加強自己對該主題的了解。
- 從書籍或可信的網路來源搜集與同一主題相關的資訊，練習有效的使用網路搜尋引擎，練習過濾出可用的資訊，引用、改寫這些資訊，做出自己的結論來說服別人，練習用正確的格式來引用文獻。
- 整理文學及非文學文本中的資訊，加以分析、反思、研究。

・文學類的練習例如：分析一位作者如何應用前人的作品，例如莎士比亞如何處理古羅馬詩人奧維德或聖經中的故事？後人又如何詮釋莎士比亞的作品？

・非文學類的練習例如：在文章中劃出重點並找出作者的具體主張，討論作者的推理是否合理，證據是否相關與充分，辨認出似是而非的謬論並加以反駁。

書寫範圍：

固定練習長篇的寫作（包括查找、預寫、改寫等複雜過程的作品）以及短篇的寫作（簡單、能在一至兩天內完成的作品）。練習為不同的主題、目的、讀者而寫。

十一到十二年級

文體及目標：

• 完成評論他人主張或陳述自我主張的議論文，提出有效的原因、相關及充分的證據。
・介紹清楚、有知識基礎的主張，提出該主張為何重要，將該主張從反對或不同的主張中突顯出來，提出一系列有邏輯性的原因與證據。
・公平的陳述正面及反面的主張，提出證據來支持兩種主張，整理兩種方面的優點與缺點，同時須考慮讀者的程度是否能理解、情感是否能接受。
・靈活使用連接詞與子句，釐清正反主張之間的關係，並使證據與主張之間的關係明確。使用不同的句法使文章活潑有變化。
・使用正式的論述文格式，保持中立客觀的語氣，並注意文法正確。
・提出結論陳述，並與主張相呼應。
• 使用精心查找並篩選過的資訊，完成能清楚精確表達複雜中心思想、意見與資訊的說明文。
・清楚介紹主題，組織複雜的思想、概念、資訊，使之能為讀者所理解，每個資訊都需與主題相關、將資訊組合起來成為一個完整的概念，活用小標題、數據、圖表及多媒體來輔助說明。

- 用精心選擇、相關、充分的事實來發展主題，並從中挑選最具有顯著性的事實，深入說明上述事實的意義，選擇適合讀者程度的引言、實例及其他訊息來做說明。
- 分段落說明不同的資訊，段落間須有恰當、多變的轉折，並釐清資訊之間的關聯。
- 使用精確的語言來解釋主題，活用明喻、隱喻、類比等技巧來說明複雜的主題。
- 用正式的說明文格式，並注意文法正確。
- 提出與陳述緊密相關的結論。

- 使用清楚的敘述法完成記敘文，陳述真實或想像的經驗或事件，包括細節的描述，並有完整的前因與後果。
  - 能帶領讀者想像出一個衝突、一個場景或一個觀察，凸顯這些衝突、場景、或觀察的特殊性以吸引讀者，從一人或多人的視角來描述，發展出事件中的角色並指定一個扮演「解說」的角色。用開展的方式自然的描述事件的發展。

．活用記述技巧，用對話、節奏、描述、反思、多重時間線等勾勒出事件與角色經歷。

．有變化的運用單詞、連接詞、子句來連接場景，以及事件之間的關聯，敘事需維持一貫的風格，以營造全篇一致的氛圍（例如：神秘感、懸疑感、開展性等。）

．使用精確的單詞，相關的細節描述，以及感官的描寫來創造出生動的場景，引導讀者進入劇情。

．呼應劇情發展，給出合理的結局，避免「挖坑不填」。

創作與發表：

• 為特定的目標或讀者，創作結構與風格恰當的文章。

• 練習預寫、編輯、修改自己的作品，並嘗試以不同的角度切入同一個主題，比較不同的寫作手法，找出最能達成目的或吸引讀者的方式。

• 使用包括網路等科技，在教室以外創作並發表作品，更新過去在網路上發表過的作品，練習與讀者互動，包括回答讀者的問題。

研究與拓展：

- 從事簡單與稍微複雜的研究，撰寫研究報告、回答問題（包括練習自問自答）或解決問題，視情況精簡或擴充自己的答案，從數個不同的消息來源搜集資訊，並加以調查以加強自己對該主題的了解。
- 從書籍或可信的網路來源搜集與同一主題相關的資訊，練習有效的使用網路搜尋引擎，練習過濾出適合目標讀者的資訊，引用、改寫這些資訊，做出自己的結論來說服別人，練習用正確的格式來引用文獻，避免抄襲。
- 整理文學及非文學文本中的資訊，加以分析、反思、研究。
  - 文學類的練習例如：分析十八世紀、十九世紀、二十世紀美國主流文學的演變，從每一時期列舉至少兩個代表性作品來說明你的觀察。
  - 非文學類的練習例如：從法律文件（例如美國最高法院判例）中找出憲法原則與法律的應用，或分析一場公眾演說（例如總統致詞）的前提、目的與論述依據。

書寫範圍：

固定練習長篇的寫作（包括查找、預寫、改寫等複雜過程的作品）以及短篇的寫作（簡單、能在一至兩天內完成的作品）。練習為不同的主題、目的、讀者而寫。

以上是共同核心學力標準的各年級寫作標準。而根據美國國家教育統計中心（National Center for Education Statistic）統計，一到四年級公立學校教師的全部授課時數，約有六八%、或每週二十二小時花在核心科目（即英文、數學、社會、科學）。私立學校教師的全部授課時數，則有五八%、或每週十九小時花在核心科目。而不論功立或私立學校，這些核心時數至少有一半花在讀寫教育，公立學校每週平均實施十一小時讀寫教育、私立學校每週平均實施十小時讀寫教育。美國國家教育統計中心報告指出，這個數字不因地區、學校、老師或學生組成不同而有所不同。

附帶一提，小學數學的授課時數平均每週五小時，社會與科學則為平均每週各三小時，時數均低於讀寫教育。可見讀寫力的培養是美國中小學教育最重視的項目。中學以上，讀寫教育授課時數減少為平均每週七小時，社會與科學授課時數則增加為平均每週各四小時。高中以上由於加入第二外語教育，英文讀寫時數降為平均每週四小時。

美國公立學校教育中各年級實施讀寫教育的時數：

年級	每週授課時數
K（大班）	7.5 小時
1~2 年級	11 小時
3~5 年級	10 小時
6~8 年級	7 小時
9~12 年級	4 小時

附錄二

六面向寫作評量標準

	主張	組織
一分	· 完全沒有主張。 · 讀者光看文章猜不出作文題目。 · 缺乏支持主張的細節論述。 · 讀者的疑問沒有得到解答。	· 看不出文章組織。 · 段落之間沒有連結。 · 論述的因果關係不明確。 · 文不對題。
二分	· 缺少主要思想。 · 支持主張的論點太少 。 · 論述缺乏細節。 · 有作者一相情願的感覺，無法說服讀者。	· 看得出作者企圖組織全 果不彰。 · 導言與結論不連貫。 · 段落之間的連結薄弱。 · 論述的因果關係薄弱。 · 論述離題。
三分	· 簡單說明主張。 · 讀者必須揣摩作者的意思。 · 沒有作者的個人經驗或想法。	· 段落間有些許連結。 · 有因果關係但是邏輯不 · 論述不能完全反應主旨。
四分	· 中心思想表述清楚。 · 論述清楚但太廣泛。 · 有實例說明。	· 有正在成形的結構。 · 導言與結論互相呼應， 強。 · 段落間有連結。
五分	· 中心思想表述清楚、仔細。 · 焦點可以更集中。 · 有細節說明。	· 組織平順。 · 段落間的連結及論述的 分，但缺乏原創性。 · 有掌握節奏。 · 標題中規中矩。
六分	· 中心思想表述清楚、仔細。 · 焦點集中。 · 論述強而有力，實例與主張直接相關，並展現作者的個人經驗。	· 結構安排引人入勝。 · 段落間的連結充分且令 去。 · 因果關係調理分明。 · 有掌握節奏。

	聲音	用字	句法	
	· 作者根本沒有自己的立場。文章很無聊 。 · 看不出作者的風格。 · 口氣不恰當。	· 作者字彙有限 · 有些用字令人感到莫名其妙。 · 出現錯字。	· 文法不正確。 · 句子不完整或互相重複。 · 掌握文句的能力薄弱。	· 錯字 · 沒有 · 嚴重 · 文章 懂
結構，但效	· 讀者要自己去判斷作者的立場。 · 無法讓讀者共鳴。 · 風格不適合文章主題。 · 口氣無助表現文章目的。	· 用字平庸。 · 贅字太多。	· 全篇都是短句。 · 文句不通順。 · 贅句太多。	· 有 · 逗 活 · 文 · 文
清晰。	· 作者的立場不明確。 · 看了一大段才有「原來是是這樣啊」的感覺 。 · 文章平凡無奇。 · 看得出作者努力經營個人風格。	· 用字都正確但缺乏力道。 · 作者有充足的字彙。 · 開始有創意的使用字彙。	· 句子結構都正確。但不夠多樣化。 · 文句有時不通順。 · 交替使用複合句和短句。	· 錯 · 標 · 看 · 文
但還可以加	· 作者有誠意表現自己的立場，但不能吸引讀者的注意力。 · 文中有些小驚奇。 · 風格不出奇。	· 用字精準但缺乏力道。 · 意思表達清楚。 · 看得出嘗試使用不同的語彙來表達。	· 句子結構多樣化。 · 句子結構都正確。 · 文句開頭多樣化且自然。 · 節奏不連貫。	· 少 · 少 · 少 大 ·
因果關係充	· 作者有明確的立場，但不能引起讀者關心。 · 立場明顯。 · 風格與主題契合。	· 用字精準恰當。 · 意思表達清楚。 · 正確使用新字、較難字彙。	· 句子結構都正確且多半流暢 · 全文看下來頗通順 · 文句用心設計，能感動讀者。	·
想繼續看下	· 作者的立場能引起讀者共鳴或反饋。 · 作者不怕暴露自己的弱點。 · 風格充滿誠意且引人入勝。	· 用字強而有力。 · 用字精準。 · 意思表達得很清楚。 · 選字自然 。 · 用字生動。	· 句子很好，結構很強。 · 配合需要，使用不同句型。 · 文句設計有創意，有符合中心思想 。	·

國家圖書館出版品預行編目（CIP）資料

美國讀寫教育：六個學習現場，六場震撼／曾多聞著. -- 初版.
-- 新北市：字畝文化出版：遠足文化發行，2020.06
面；　公分. --（Education；7）
ISBN 978-986-5505-24-0（平裝）
1. 寫作法 2. 教育 3. 美國
811.1　　109008076

Education007

美國讀寫教育 六個學習現場，六場震撼

作　　者｜曾多聞

社　　長｜馮季眉
編輯總監｜周惠玲
編　　輯｜戴鈺娟、李晨豪
封面設計｜張湘華
內頁設計｜張簡至真

出版｜字畝文化
發行｜遠足文化事業股份有限公司
地址：231 新北市新店區民權路 108-2 號 9 樓
電話：(02) 2218-1417　傳真：(02) 8667-1065
電子信箱：service@bookrep.com.tw
網址：www.bookrep.com.tw
郵撥帳號：19504465 遠足文化事業股份有限公司
客服專線：0800-221-029

讀書共和國出版集團
社長｜郭重興
發行人兼出版總監｜曾大福
印務經理｜黃禮賢
印務主任｜李孟儒

法律顧問｜華洋法律事務所　蘇文生律師
印製｜中原造像股份有限公司

2020年6月　初版一刷　定價：360元
ISBN 978-986-5505-24-0　書號：XBED0007